LEONARDO BOFF

O CASAMENTO ENTRE O CÉU E A TERRA

CONTOS DOS POVOS INDÍGENAS DO BRASIL

Planeta

Copyright © Leonardo Boff, 2022
Copyright © Editora Planeta do Brasil, 2022
Todos os direitos reservados.

Preparação: Roberta Pantoja
Revisão: Fernanda Guerriero Antunes e Vanessa Almeida
Capa, projeto gráfico e diagramação: Fabio Oliveira
Ilustrações de miolo: Daniela Ramos (danirampe)

Dados Internacionais de Catalogação na Publicação (CIP)
Angélica Ilacqua CRB-8/7057

Boff, Leonardo
  O casamento entre o céu e a terra: contos dos povos indígenas do Brasil / Leonardo Boff. – São Paulo: Planeta do Brasil, 2022.
  240 p. : il., color.

Bibliografia
ISBN 978-65-5535-793-6

1. Contos indígenas brasileiros 2. Índios da América do Sul – Brasil I. Título

22-2871   CDD B869.3

Índice para catálogo sistemático:
  1. Contos indígenas brasileiros

Ao escolher este livro, você está apoiando o manejo responsável das florestas do mundo.

2022
Todos os direitos desta edição reservados à
EDITORA PLANETA DO BRASIL LTDA.
Rua Bela Cintra 986, 4º andar – Consolação
São Paulo – SP CEP 01415-002
www.planetadelivros.com.br
faleconosco@editoraplaneta.com.br

*Dedico este livro aos netinhos
Marina e Eduardo,
que ouviram e melhoraram
estas estórias.*

SUMÁRIO

Apresentação – Estórias para rir, chorar e aprender (por Leonardo Boff) 6
Prefácio – Os indígenas têm sabedoria (por Leonardo Boff) 8
Onde mora a magia? (por Daniel Munduruku) 10

PRIMEIRA PARTE
Contos indígenas 15

1. Nascemos para brilhar: Tainá 17
2. Por que no céu há tantas estrelas? 23
3. A mandioca, o corpo de Mandi 29
4. E os animais voltaram à Terra 33
5. As diferenças na unidade sagrada da vida 39
6. A longa espera do amor 45
7. O canto da flauta mágica: o uirapuru 49
8. O amor e o perdão tudo alcançam 53
9. A árvore da vitalidade: o guaraná 63
10. A reconquista do dia 67
11. Tantos pássaros, tantas vozes 71
12. E o Sol voltou a brilhar para todos 81
13. Um impossível amor: as Cataratas do Iguaçu 89
14. O atormentado caminho para o céu 95
15. O fascínio irresistível da mulher: Yara 101
16. Jurupari, o redentor das gentes 105
17. Aceitar a morte para ser livre 111
18. Somos filhos da madeira: o kuarup 117
19. A conquista do fogo 123
20. A vitória-régia: a bela Iapuna 127
21. O maior dom do espírito: a liberdade 131
22. Mais vale a esperteza que a força bruta 137
23. Ñamandu, o Deus-todo-escuta 147
24. Por que cores diferentes nos peixes? 153
25. Mais vale a inteligência que a beleza 159

26. A mulher que virou beija-flor 165
27. A Terra da Cocanha 169
28. O cuidado dos grandes pelos pequenos 177
29. Cobra Norato, a força benfazeja da natureza 181
30. O amor trágico de Jaira 187
Bibliografia 192

SEGUNDA PARTE
A contribuição dos indígenas ao Brasil
    e à globalização 195
I. Os indígenas: os testemunhos da Mãe Terra 196
1. Lista dos povos indígenas 196
2. As áreas culturais indígenas 206
3. As línguas indígenas 206
4. Razões para defender as culturas indígenas 208
5. A destruição das Índias brasileiras 210
6. As organizações indígenas
    e de apoio à causa indígena 211
II. Dívida do Brasil e da humanidade
    para com os povos indígenas 219
1. A sobrevivência nos trópicos 219
2. A presença indígena no sangue brasileiro 220
3. A presença indígena na língua
    e na geografia brasileiras 220
4. A presença indígena no cotidiano da casa 221
5. A presença indígena na culinária
    e na medicina brasileira e mundial 222
6. A presença indígena no imaginário popular 227
III. O legado humanístico dos povos indígenas 230
1. Sabedoria ancestral 230
2. A integração sinfônica com a natureza 231
3. Atitude de veneração e de respeito 233
4. A liberdade: a essência da vida indígena 234
5. A autoridade: o poder com generosidade 235
Bibliografia essencial 238

APRESENTAÇÃO

ESTÓRIAS PARA RIR, CHORAR E APRENDER
por Leonardo Boff

Hoje, a humanidade se encontra numa fase nova. Todos estamos regressando à Casa Comum, à Terra: os povos, as sociedades, as culturas e as religiões. Trocamos experiências e valores. Nós nos enriquecemos e nos completamos mutuamente.

Também os povos originários, os indígenas das várias partes do mundo (eles são cerca de 300 milhões), participam desse grande concerto dos povos, inclusive as etnias que vivem no Brasil. Todos são portadores de uma sabedoria ancestral que está faltando a quase toda a humanidade – sabedoria necessária para iluminar os graves problemas que coletivamente enfrentamos. São problemas de convivência pacífica entre os povos; de combinação adequada entre trabalho e lazer; de veneração e respeito para com a natureza; de integração fraternal e sororal entre todos os seres da criação, vividos como parentes, irmãos e irmãs; de casamento entre o céu e a terra, que confere uma experiência global do ser humano com a totalidade das coisas e com a Fonte originária de todo o universo.

Estas poucas estórias – entre centenas e centenas – dos povos indígenas brasileiros visam ressaltar a contribuição inestimável que eles ofereceram à nossa história, na linguagem, nos nomes de cidades, de rios e de montanhas, na culinária, nos costumes cotidianos, na religiosidade difusa do povo e na percepção coletiva acerca das forças misteriosas da natureza. Essa contribuição pode ser útil também a outros povos, habitantes da mesma Maloca Comum, a Terra.

Temos muito que admirar, desfrutar e aprender de toda essa tradição sapiencial. Nossos indígenas não são primitivos, apenas diferentes. Não são incultos, mas civilizados. Não são ultrapassados, senão contemporâneos. São humanos como nós, portadores das mesmas buscas, ansiedades e esperanças que os homens e as mulheres de nosso tempo e de todos os tempos. Apenas o expressam num dialeto diferente (quem sabe?), estranho para muitos de nós, mas sempre surpreendente e perpassado de observação atenta das coisas da vida e da natureza.

Revisitemos a sabedoria indígena e sonhemos, por um momento, os mesmos sonhos que eles sonharam. Vamos rir, chorar e aprender. Aprender especialmente como casar Céu e Terra, vale dizer, como combinar o cotidiano com o surpreendente, a imanência opaca dos dias com a transcendência radiosa do espírito, a vida na plena liberdade com a morte como um unir-se com os ancestrais, a felicidade discreta neste mundo com a grande promessa na eternidade. E, no termo, teremos descoberto mil razões para viver mais e melhor, todos juntos, como uma grande família, na mesma Aldeia Comum, generosa e bela, o planeta Terra.

Petrópolis, 21 de abril de 2000,
aos 500 anos de paixão dolorosa dos indígenas.

Petrópolis, 20 de abril de 2014, festa da ressurreição
de Cristo e da ressurreição dos povos indígenas.

PREFÁCIO

OS INDÍGENAS TÊM SABEDORIA
por Leonardo Boff

No Brasil vivem cerca de 800 mil indígenas; no mundo, por volta de 300 milhões. É errôneo pensar que eles sejam ignorantes e sem cultura. Em seus ambientes – em especial, nas florestas –, sabem muito mais que a maioria de nós, que passamos pela escola. Conhecem cada árvore e para que serve, cada animal, cada pássaro e cada peixe. Interpretam qualquer ruído e, observando as nuvens, sabem exatamente se vai chover ou não. Consideram todos os seres vivos como seus irmãos e irmãs, formando uma grande família. Todos somos filhos e filhas da Mãe Terra.

Como são grandes observadores, acumularam enorme sabedoria. Como nós, eles também perguntam: "Por que existem o dia e a noite? Por que as estrelas têm brilho diferente? De onde veio o guaraná, de que gostamos tanto?". Para responder a essas indagações, contam estórias interessantíssimas. E elas nos enchem de encantamento.

Selecionamos algumas dessas narrativas para saborearmos sua beleza e sabedoria. E por que o título *O casamento entre o Céu e a Terra*?

Certa feita visitei os Samis, na Suécia, perto do Polo Norte, conhecidos como esquimós. A primeira pergunta que o cacique me fez foi: "Os índios do Brasil ainda casam o céu com a terra?". Eu respondi prontamente: "Lógico que casam. Desse casamento nascem todas as coisas". E ele comentou: "Então são verdadeiros índios. Os nossos irmãos e irmãs brancos daqui já não casam mais o céu com a terra, por isso têm as ideias confusas e sempre brigam muito. Casar o céu com a terra significa manter juntos Deus e a natureza, o homem e a mulher, os velhos e os jovens, o trabalho e a diversão, a vida e a morte. Assim tudo fica em harmonia. E somos felizes".

Aprendamos, pois, com a sabedoria indígena para convivermos bem entre nós e com a Mãe Natureza.

ONDE MORA A MAGIA?

por Daniel Munduruku

A cultura nasce do distanciamento progressivo do ser humano da natureza. Ao descobrir-se incompleto, sem todas as ferramentas necessárias para sua sobrevivência, o ser humano foi tendo que inventá-las para conseguir seu alimento, construir sua casa, defender-se de sua própria fragilidade, que era constantemente lembrada pela perfeição dos outros seres vivos que já traziam em si as ferramentas para serem plenos em sua experiência de existir.

A essa fabricação de equipamentos chamamos cultura. Ela vai evoluindo de acordo com as necessidades humanas de aperfeiçoar sua existência. A cultura é, portanto, uma maneira de darmos respostas às nossas necessidades básicas, mas também de trazermos alguma explicação cabível ao fato de estarmos neste mundo. Se a natureza não se questiona sobre o sentido de sua vida – até porque ela é completa em si –, a cultura precisa se apegar a respostas que lhe expliquem a sua incompletude. Isso vale para todos os povos deste nosso planeta. Nesse sentido, não há culturas melhores que outras. O que há são respostas diferentes para as mesmas e angustiantes perguntas: "Quem sou eu?", "De onde vim?", "Para onde vou" e "O que é que eu faço neste mundo?". A multiplicidade de respostas levou os humanos a desenvolverem sentimentos contraditórios sobre sua importância no cenário universal.

O que não se pode negar é que há algo que une todas as culturas humanas: o ato de criar explicações para suas incompletudes. Com o passar do tempo, as histórias contadas no calor da fogueira foram ganhando asas e se transformaram em armas de convencimento sobre onde estaria a última fronteira da existência. Narrativas foram sendo impostas como verdades enquanto os humanos venciam guerras baseadas no avanço da fabricação de armas mortais. Quem vencia as batalhas se dava o direito de colonizar o vencido e transformá-lo em escravo, em pagão, em passivo ouvinte da narrativa vitoriosa. Sempre foi assim, e ainda hoje há batalhas de narrativas sendo engendradas para convencer que há povos inferiores a outros por conta das histórias que contam. Tais histórias são apresentadas como mentira, ilusão, ficção, e os povos vencidos ainda são apresentados como bárbaros, selvagens, "índios".

Compreender a lógica que predomina na humanidade contemporânea é fundamental para compreendermos como essa história foi contada não de forma mágica, mas ideológica.

No Brasil não foi diferente. Pelo contrário, a história hegemônica foi ganhando ares cada vez mais de verdade absoluta e as populações originárias – suas histórias, suas sabedorias, suas metafísicas, suas pedagogias –, apresentadas como atraso, selvageria e apego ao passado. Tal discurso ainda está presente e continua fazendo eco nas instituições escolares e culturais.

Para fazer frente a esse tipo de narrativa hegemônica é que surgem livros escritos por pessoas que se aliam com o modo ancestral de pensar dos povos indígenas. Para além da própria literatura escrita por sujeitos indígenas, há os aliados da causa, que usam seu prestígio para convencer nossas crianças e nossos jovens de que os indígenas que habitam nosso território nacional têm um olhar muito peculiar e próprio sobre a vida e seus dramas existenciais. Esses povos permaneceram ligados à natureza e dela fizeram seu principal mentor, mestre, professor. Foram, assim, descobrindo que a melhor maneira de não destruir ou depredar é não se distanciar da natureza, é permanecer a ela ligados, é torná-la um "parente" com o qual podemos interagir e criar uma teia equilibrada. A essa forma pedagógica de interação se dá o nome de Bem-Viver.

O livro que agora está em suas mãos, caro leitor, cara leitora, é um importante instrumento para apresentar-lhe a visão indígena de interagir com a natureza. Por meio destas páginas, você vai, certamente, mergulhar no universo mágico trazido pelas histórias contadas de geração a geração e que vai lembrando aos ouvintes que somos partes, e não donos; que somos um fio na teia da vida e que somos responsáveis pelo seu equilíbrio. Leonardo Boff, usando seu jeito amoroso, vai nos conduzindo pelas narrativas apresentadas para nos proporcionar um olhar crítico, mas também repleto de magia, que ainda alimenta a vida de nossos povos originários.

Penso que a leitura desta obra é absolutamente necessária não apenas como informação, mas como formação, como alimento, como bálsamo, como esperança e como mergulho ancestral para nos encontrarmos, no fim, conosco e com a inteireza de nosso ser.

A pergunta que dá título a esta apresentação quer ser também uma provocação: todos somos filhos da natureza, irmãos de todos os seres viventes. Vamos buscando respostas que nos deem algum alívio para nossas dores, nossos sofrimentos, nossas dúvidas. Para isso criamos instituições, templos, igrejas; geramos dogmas, teologias; inventamos palavras que justifiquem nossas crenças porque queremos entender, com a nossa racionalidade, os caminhos do universo. Por conta disso tudo, muitas vezes nos deixamos levar pela razão, pelo pensamento, e menos pela emoção; muitas vezes deixamos de ver o milagre acontecendo nas pequenas coisas. Quando fazemos isso, nos distanciamos do sagrado que reside dentro de nós e dentro de cada ser vivo, nossos companheiros na jornada da vida. É exatamente aí que mora a magia. As histórias indígenas – erroneamente chamadas de "mito" – nos revelam exatamente onde moram os milagres da vida: na comunhão, na partilha, na fartura, no pertencimento, na tolerância. Ler as histórias indígenas apenas com a cabeça não nos permite sentir a verdade que elas trazem dentro de si e que precisam ser ouvidas com o coração.

Fica aqui, pois, meu convite: leiam essas histórias não com a cabeça, mas com o coração, que é o centro de todos os sentidos. É dentro dele que mora a magia, o sagrado, o mistério.

Daniel Munduruku – *professor e escritor*

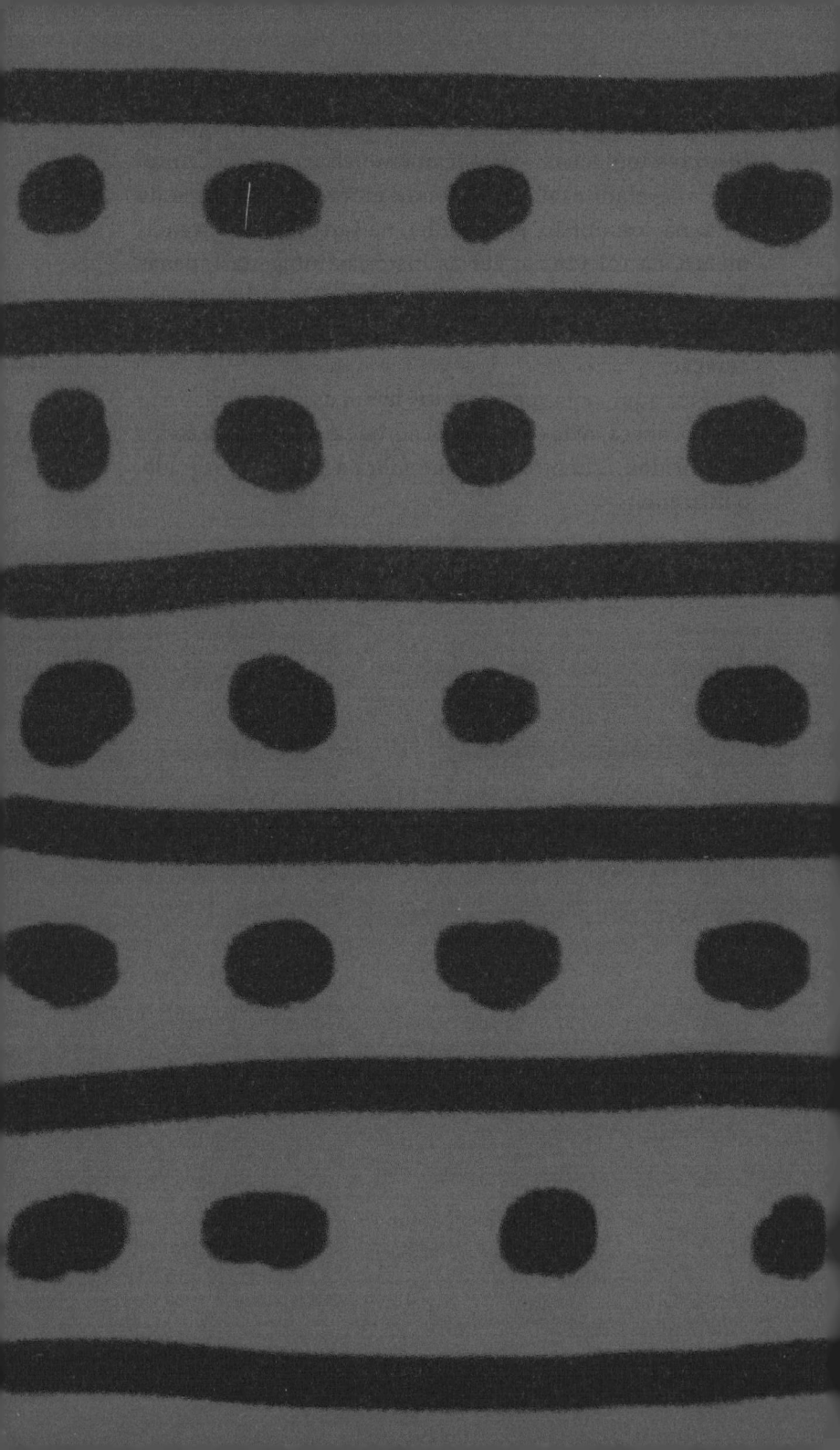

PRIMEIRA PARTE

CONTOS INDÍGENAS

1
NASCEMOS PARA BRILHAR: TAINÁ

O céu profundo, com suas estrelas rutilantes, sempre exerceu fascínio sobre o espírito humano. Deitada entre o céu estrelado e a fina areia da praia do rio Araguaia, no Brasil Central, cada pessoa humana estremece e se enche de encantamento. Vêm-nos instintivamente à memória cósmica reminiscências ancestrais de quando estávamos todos juntos no coração das grandes estrelas vermelhas. Pois lá se encontra o nosso berço e lá se formaram todos os tijolinhos que compuseram, quando de sua explosão, há bilhões de anos, as galáxias, as estrelas, o Sol, a Lua, a Terra e cada um de nós. Porque nascemos das estrelas, existimos para brilhar e irradiar.

Iameru, bela jovem Karajá, era cheia de graça e de magia, embora insegura em seus sentimentos. À tardinha, à margem do Araguaia, gostava de contemplar Tainá-Can, a estrela-d'alva, que bruxuleava, por primeira, no firmamento. Estranhamente, tomou-se de paixão por ela.

Não aguentando mais a dor de amor, dirigiu-se ao pajé para que invocasse ardentemente os espíritos da comunidade a fazerem descer a estrela Tainá em forma humana. Prometeu até se casar prontamente com a estrela, caso fosse atendida em sua súplica.

Com efeito, no dia seguinte, numa noite de luar, um raio iluminou um canto da praia. Tainá-Can descera à Terra. E veio calmamente caminhando na direção de Iameru. Sua aparência era de um velho encurvado, cansado de dias e anos e cheio de rugas.

Iameru, ao vê-lo, encheu-se de decepção e de espanto.

— Como pode uma estrela tão brilhante aparecer numa forma tão miserável? — imediatamente o repudiou. — Velho feio e enrugado, vá embora. Como pretende me tocar, ainda tão jovem e bela? — disse-lhe gritando. E, erguendo ainda mais a voz, ordenou irritada: — Suma daqui e não me apareça mais.

Tainá-Can, estrela rutilante do céu, assumira a forma de um velho repugnante para testar o amor de Iameru e colocar à prova sua ardente paixão. Decepcionou-se com o fogo de palha do sentimento da jovem Karajá e entristeceu-se com os maus-tratos. Seus olhos se encheram de lágrimas.

Estava pensando em regressar ao céu, quando lhe veio em socorro a irmã de Iameru, a jovem Denaquê, que de longe tudo acompanhara. Não era bela de rosto nem de forma, mas tinha qualidades que faltavam à fútil Iameru: bondade, amorosidade, gentileza, compaixão e especial capacidade de cuidado.

Aproximou-se do velhinho Tainá-Can, enxugou-lhe as lágrimas e pediu-lhe desculpas pela rudeza da irmã.

— Se não se importar, vou cuidar do senhor. E, se gostar de mim, posso até ser sua esposa — disse ela.

O rosto de Tainá-Can se transfigurou. Agradecido, beijou suavemente a testa de Denaquê e respondeu com voz decidida:

— Vou ser um bom marido para você. Agora mesmo vou cultivar a terra para que nada lhe falte e tenha sempre muita comida em seu jirau.

Denaquê não entendeu a palavra "cultivar", pois até então os Karajá somente comiam peixes e caça. Não cultivavam a mandioca, o milho e o ananás, atualmente seu prato principal.

Denaquê nem teve tempo de pedir explicações, pois o bom velhinho, exultante de alegria, foi à roça fazer o cultivo do milho, da mandioca, do ananás e de tantas coisas boas para os Karajá.

Todos na aldeia se perguntavam quem seria aquele velhinho todo enrugado, mas respeitavam o amor de Denaquê e admiravam sua assiduidade no trabalho.

Certo dia, Tainá-Can não regressou na hora costumeira, e Denaquê, como mulher amorosa, teve um pressentimento:

— Alguma coisa dever ter acontecido ao bom velhinho. Vou procurá-lo na roça.

E, ao chegar lá, encheu-se de estupor. Viu um jovem guerreiro, todo iluminado, com o corpo pintado dos mais belos desenhos. Reconheceu ser Tainá-Can revestido do esplendor da estrela-d'alva.

Seu espanto cresceu ainda mais ao ver aos seus pés plantas desconhecidas.

— É milho e mandioca para alimentar a você e a todos de sua comunidade — disse ele, fazendo um gesto largo com as mãos.

E se abraçaram amorosa e longamente. Contentes, voltaram abraçados para a maloca. A notícia se espalhou por toda a floresta e todos participaram daquela nova felicidade.

Iameru, ao ver Tainá-Can tão belo e a irmã tão feliz, se encheu de ressentimento e de inveja. Recriminava a si mesma por não ter sabido ver por detrás dos traços

rudes do velhinho o esplendor da estrela-d'alva, de Tainá-
-Can, por quem antes se apaixonara ardentemente.
Desesperada, despareceu na floresta.

Soube-se depois que Tupã a havia transformado no pássaro urutau. Até hoje, em noites de luar, quando a estrela d'alva Tainá-Can mais brilha, emite sons estridentes e tristes, lamentando haver perdido um amor tão cobiçado.

Depois de ter vivido feliz com Denaquê por muitos e muitos anos, e ensinado aos Karajá a cultivar o milho, a mandioca e tantas coisas saborosas, Tainá-Can voltou ao céu para continuar a bilhar eternamente. E junto levou sua amada Denaquê. Por isso, como companheira inseparável, também brilha no céu, sempre junto da estrela-d'alva, também uma estrela singela e de brilho esmaecido. É a Denaquê, a adorável esposa de Tainá-Can.

2
POR QUE NO CÉU HÁ TANTAS ESTRELAS?

O céu estrelado, com sua majestade, sempre impactou os espíritos humanos. Ele desperta reverência Àquele que se esconde por detrás das estrelas e comanda, soberano, seu curso pelos tempos sem fim.

"Quem colocou aqueles luzeiros lá no infinito?", pergunta-se sempre. Cada povo projeta sua cosmologia, quer dizer, a imagem do universo pela qual se explica o surgimento do céu e da terra e do seu casamento.

Os Karajá do Tocantins-Xingu contam uma bela estória do homem que, com sua coragem, embelezou o firmamento.

Esse Karajá amava a natureza e, mais que tudo, os animais e os pássaros com os quais sabia se comunicar na linguagem deles.

Certa manhã, olhando um bando de papagaios que voava bem alto, se deu conta de que o firmamento estava vazio. Nenhum astro o embelezava. O clarão do dia, especialmente sob a canícula, tornava o céu cinzento.

— Por que o céu é assim tão só? — perguntou o Karajá aos pássaros que estavam na árvore próxima, mas eles fingiram que não entenderam sua pergunta, embora a voz lhes fosse tão familiar.

Ele perguntou de novo, com voz forte e quase lancinante:

— Por que o céu é assim tão vazio? Respondam-me, por favor!

A raposa antecipou-se e disse em tom quase de acusação:

— Foi o urubu-rei, rei das alturas, que roubou as estrelas para enfeitar o penacho em sua cabeça e torná-lo, assim, ainda mais resplendente.

O Karajá decidiu aí mesmo tirar a limpo a questão com o urubu-rei. Tomou suas armas e procurou o refúgio onde ele se aninhava. Ao vê-lo aproximar-se, disse logo o urubu-rei:

— É você que veio desafiar-me? Você não conhece, pequeno homem, a força de minhas garras e de meu bico. Em poucos minutos posso abrir suas veias e deixá-lo em pedaços.

O Karajá, que sempre mostrara coragem e que, no fundo, amava os animais, deixou cair as armas. E avançou sobre o urubu-rei. Houve uma luta longa e sanguinolenta. Se o urubu-rei tinha força, o Karajá tinha habilidade para evitar os cortes profundos das garras e das bicadas potentes. Depois de longa luta, rolando pelo chão entre penas e gritos, ambos estavam extenuados. Até que o Karajá conseguiu imobilizar o urubu-rei, prendendo-lhe as pernas e segurando-lhe, fechado, o bico.

— Se quiser recuperar a liberdade — disse, triunfante, o Karajá —, entregue a luz que escondeu em seu penacho na cabeça e nas plumas do corpo. O Criador colocou as estrelas no firmamento para embelezar a noite, e não para alimentar a sua vaidade.

Mas o rei das alturas, que detinha também o segredo da eterna juventude, não quis saber de renunciar às luzes que tornavam sua plumagem tão fascinante. De que valeria ser eternamente jovem se continuasse sem atrativos e feio?

Cansado de esperar uma decisão do urubu-rei, o Karajá começou a tirar as penas de sua cabeça. Cada pena que lançava no ar se transformava numa estrela no firmamento. Arrancou depois um chumaço e o lançou ao alto, e irromperam o que os Karajá chamam "os olhos espantados do peru" – Alfa e Beta do Centauro. Com outro chumaço, os "sete papagaios" – as Plêiades. Com outro ainda, "os olhos dos homens" – Alfa e Beta do Cruzeiro do Sul. Por fim, quando arrancou um monte de penas e as lançou ao céu, apareceu "o caminho das estrelas" – a Via Láctea.

Mas as penas mais brilhantes permaneciam ainda na cabeça do urubu-rei. Quando o Karajá conseguiu tirá-las e lançá-las ao alto, o céu se encheu de um brilho terno e doce. Era a Lua cheia. Logo depois se acendeu um grande tição de fogo que iluminou todo o céu e esquentou os dias. Nascia o Sol.

Considerando seu grande esplendor, porém, o Karajá disse de si para consigo mesmo:

— Bom seria se o Sol, por respeito ao brilho tênue das estrelas e da timidez da Lua, se escondesse um pouco.

O Sol ouviu o sussurro do Karajá e lhe atendeu o desejo. Por isso, à noite, ele se põe. Assim as estrelas podem mostrar a beleza de seu brilho e a Lua, revelar a suavidade de sua luz.

O urubu-rei, vindo à noite, aproveitou para fugir. Agora não ostentava mais, como nos tempos remotos, um penacho brilhante e um pescoço luzidio. Sua cabeça parecia uma casca de laranja cortada e seu pescoço, um ramo seco.

Mas ao fugir gritou, em tom de deboche, ao Karajá:

— Você me tirou as penas, mas conservo ainda o segredo da eterna juventude.

E, para lhe fazer raiva, sussurrou-lhe o segredo, imaginando que ninguém estivesse por perto para ouvi-lo. Ocorre que o Karajá não ouviu direito, mas os pássaros e as árvores escutaram as frases principais.

Por isso, elas conservaram até os dias de hoje o segredo da perene juventude: de tempos em tempos, as aves do céu sempre renovam suas penas e as plantas, suas folhas.

E o Karajá continua sendo lembrado quando a aldeia, à noite, se reúne para, ao redor do fogo, ouvir os antigos contarem as estórias do céu e da terra, do sol e da lua, das estrelas e do firmamento. E olham, deslumbrados, para a grandiosidade majestática do céu estrelado. E quando o fogo se apaga, eles se calam reverentes. E um a um se recolhem, calmamente, carregando o céu estrelado dentro de seu coração. Deitam-se nas redes e dormem com grande serenidade.

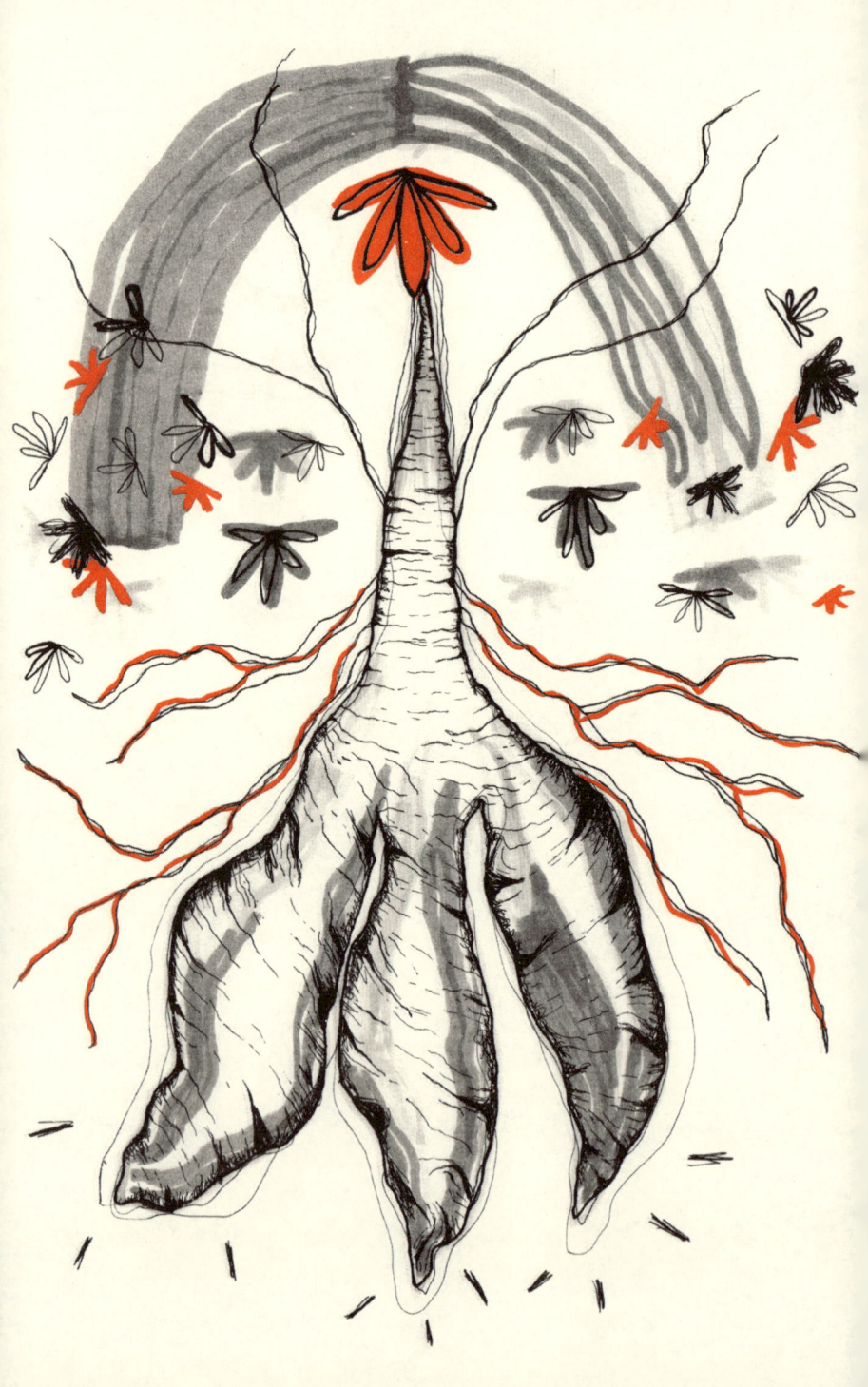

3
A MANDIOCA, O CORPO DE MANDI

A mandioca é alimento básico de várias culturas indígenas. Os alimentos básicos vêm cercados de estórias miraculosas que ressaltam sua importância essencial para a vida do povo. Assim acontece com o trigo, o arroz, o milho e a batata, entre outros. As religiões tomam esses alimentos e os transformam em sacramentos que sinalizam a vida eterna, anseio de todos os sonhos.

Na cultura tupi-guarani guarda-se uma bela estória da origem da mandioca.

Em tempos muito antigos, a filha de um chefe indígena apareceu misteriosamente grávida. O pai queria punir quem desonrara a filha. Para saber quem era, pressionou fortemente a menina com ameaças e severos castigos. Ela devia revelar o nome. Tudo em balde. A filha negou que tivesse tido relação com alguém. E permanecia inflexível nessa sua negação.

O chefe resolveu então matá-la para vingar a honra e para dar uma lição a todas as moças da aldeia. Eis senão que lhe apareceu em sonho um homem branco, dizendo:

— Não faça isso. Não mate a sua filha. Ela é inocente. Jamais teve relação com homem algum.

O cacique ficou temeroso e resolveu atender à voz do homem branco. Desistiu de sacrificar a filha.

Após nove meses, nasceu uma linda menina. Sua pele era branca como a nuvem mais branca. Mandi era seu nome. Todos ficaram intrigados e amedrontados quando viram a cor da pele do bebê. Ninguém tinha nascido com essa cor em toda a história da comunidade.

Os olhares de todos se cruzavam comparando o castanho-dourado de suas peles com a alvura da linda menina.

— É um triste presságio. Desgraças virão sobre nossa aldeia e sobre nossas plantações — comentavam os mais idosos.

Juntos foram ao cacique. E sem meias-palavras disseram:

— Por favor, faça desaparecer essa sua netinha. Ela vai nos atrair desgraças sobre desgraças.

Ele, no entanto, lembrando a voz do homem branco, nada disse. Olhou com os olhos perdidos ao longe e, depois, firme para cada rosto dos que falaram. Tomado de compaixão, havia decidido não atender aos pedidos dos velhos.

Mas veio-lhe uma ideia inspirada. Certa feita, no silêncio de uma noite especialmente estrelada, ainda de madrugada, foi ao rio. Levou consigo a netinha Mandi. Ela olhava ao redor, assustada, sem nada entender. Lavou-a cuidadosamente nas águas claras do rio, enquanto suplicava forças dos espíritos benfazejos. No dia seguinte, reuniu a comunidade e disse com voz firme, para não tolerar objeções:

— Os espíritos recomendaram que Mandi fique entre nós e que seja bem tratada por todos da aldeia.

Todos, ainda que em dúvida, obedeceram e acabaram resignados. Com o passar do tempo, Mandi foi crescendo com tanta graça que todos esqueceram o mau presságio e acabaram apaixonados por ela. O cacique estava orgulhoso e feliz.

Mas um dia, sem ter adoecido ou mostrado dores, ela morreu inesperadamente. Foi um lamento geral. Os mais idosos choravam em meio a grandes soluços. O cacique estava inconsolável. Não comia nem bebia. Só chorava. Os parentes, vendo o quanto o avô-cacique amava Mandi, decidiram:

— Vamos enterrá-la lá na maloca dele. Assim ele se consolará.

Em vão. Ele, inconsolável, fechou-se em sua dor e não fazia outra coisa senão chorar. Chorava dia e noite sobre a sepultura de sua querida netinha. Tantas e tantas foram as lágrimas que, surpreendentemente, do chão brotou uma plantinha.

Os pássaros vinham bicá-la e ficavam inebriados, para o espanto de todos. Mas, certo dia, coisa espantosa aconteceu: a terra se abriu. Apareceram à mostra belas raízes de uma planta, nascida do pranto do avô. Todos, alvoroçados, correram para fora da maloca, dizendo:

— Gente, olhem que coisa maravilhosa. Essas raízes são escuras por fora, parecem até sujas, mas dentro são alvíssimas.

Respeitosos e com as mãos nervosas, colheram essas raízes, quebraram suas pontas e se certificaram de que eram realmente alvíssimas. Pareciam a pele de Mandi.

Começaram a comê-las e viram que eram deliciosas. Foi então que fizeram uma associação inspirada.

— Não seriam elas a vida de Mandi que se manifesta?

Nunca mais deixaram de comer essas raízes. E foi assim que elas se tornaram o principal alimento dos Tupi-Guarani, das demais etnias e da maioria dos brasileiros, fazendo farinha, beijus e cauim. Chamaram então as raízes de *Mandioca*, que significa "casa de Mandi" ou também "corpo de Mandi".

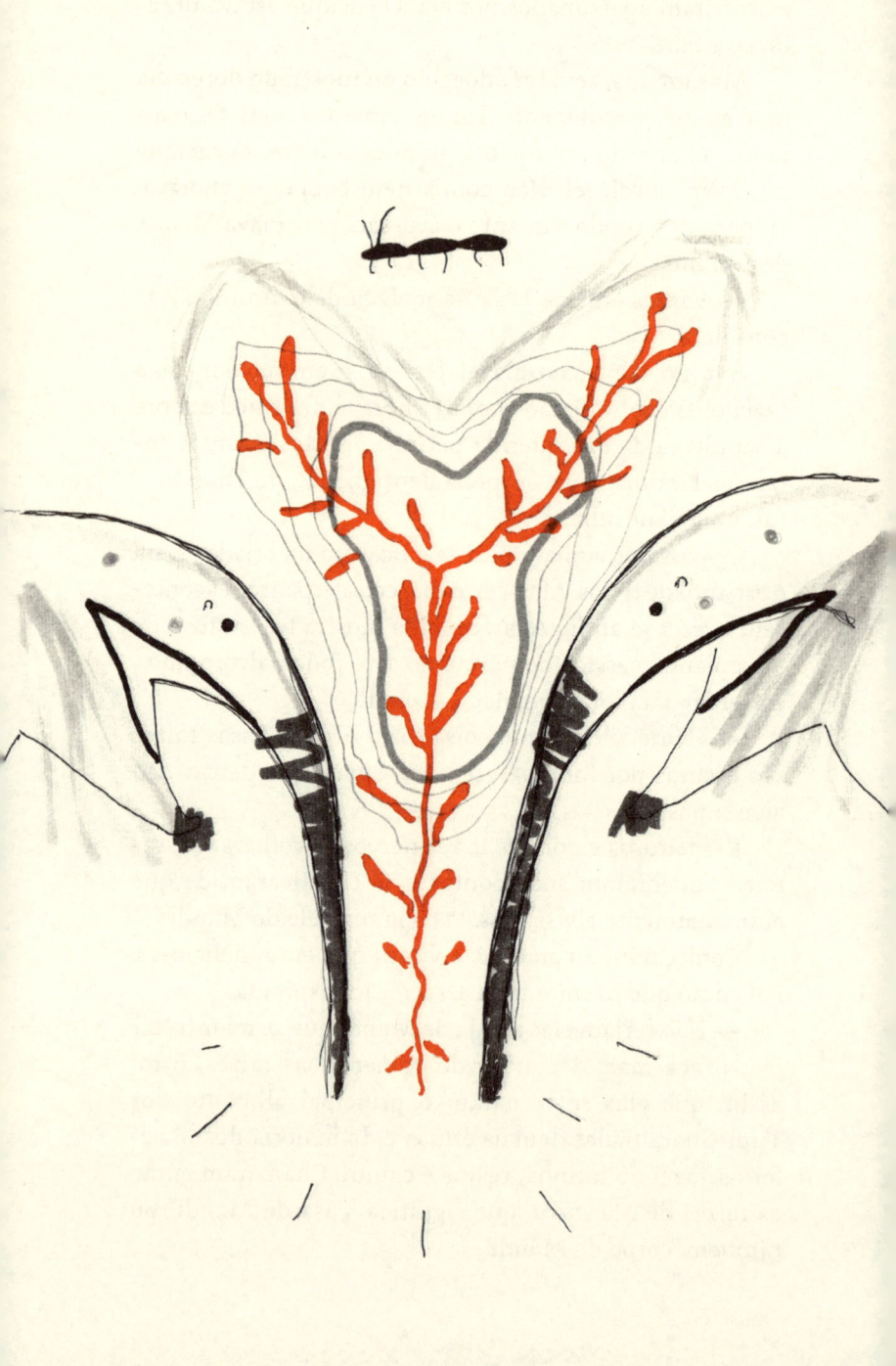

4
E OS ANIMAIS VOLTARAM À TERRA

Em quase todos os povos conserva-se a memória ancestral de um grande desastre ecológico, acontecido muito, muito tempo atrás: uma incomensurável enchente, chamada dilúvio, que dizimou a maioria dos seres vivos. Sem os animais, desaparece um elo importante da corrente da vida. As crianças se veriam privadas de um querido companheiro de jogos e os adultos, sem os animais, cachorros e gatos, morreriam de tristeza e de solidão.

Os Kaingang estão entre tantos que testemunharam o dilúvio e a forma como os animais e as aves voltaram depois a fazer parte da integridade da criação. Segundo eles, à diferença do dilúvio bíblico, no qual muitos se salvaram dentro da arca de Noé, todos os seres vivos teriam perecido. Salvaram-se apenas alguns homens, de sua nação Kaingang.

Viviam tristes e sorumbáticos, pois não ouviam nenhuma voz, a não ser as suas, nenhum trinado de pássaros, nenhum grito de animais. O silêncio ininterrupto, unido à escuridão assustadora da noite, os enchia de medo. Faziam grandes fogueiras para, ao menos, escutar o crepitar das chamas e o estalar da madeira verde. Viviam suplicando ao Grande Espírito que fizesse habitar a Terra, como antigamente, com aves nos céus e animais nas florestas.

Compadecido, ele atendeu os Kaingang. Pediu a um dos heróis antigos, que já estava no céu, que descesse à Terra e que, em seu nome, recriasse todos os animais e todas as aves. Devia dizer também a cada um deles quais seriam seus modos, seus costumes, suas obrigações para com os outros companheiros e companheiras da comunidade de vida e qual seria seu alimento principal.

No trabalho de recriação deveria tomar como matéria-prima as cinzas e os carvões da primeira fogueira feita pelos Kaingang, sobreviventes do dilúvio. Como líquido para a mistura, deveria tomar o orvalho, recolhido das grandes folhas da taioba. Deveria trabalhar só de noite, interrompendo, sem falta, os trabalhos ao primeiro alvorecer.

O herói mediador, noite após noite, punha-se a trabalhar com afinco. Enquanto suas mãos ágeis modelavam aves e animais, ele ia lhes passando as instruções recomendadas pelo Grande Espírito. Fazia-o com toda a seriedade.

A primeira a ser recriada foi a onça, pois ela é a grande senhora da floresta. Em seguida, o macaco-guariba, famoso por seu tamanho e por seu vozeirão. Ele reina por sobre as copas das grandes árvores. Por terceiro, foi recriado o gavião-de-penacho, pois é o senhor das alturas. E assim sucessivamente todos outros animais e aves como a anta, a arara, a garça, a capivara, o jacaré, o veado e o tuiuiú, entre outros.

Ele precisou de muitas noites para refazer a criação. Ensinou a onça a urrar, a arara a imitar a voz humana, o uirapuru a cantar sozinho na primeira madrugada, o porco-cateto a bater forte os dentes, o macaco a trepar pelos ramos e cipós, o sapo-boi a bater o papo como um bumbo, o veado a correr, ágil, pela campina e a pular por sobre valos e a tartaruga a nadar na água e a caminhar na terra.

Nunca precisou repetir a lição, pois cada bicho aprendia imediatamente tudo. Ao amanhecer, saíam contentes pela floresta afora.

Aos poucos, a criação ia recuperando sua integridade perdida. Até que, certo dia, o Grande Espírito suspirou e disse:

— Chega de recriar animais e pássaros. A criação voltou já à sua riqueza antiga. Está refeita a comunidade de vida. Os seres humanos não precisam mais sentir-se sós. Estão cheios de companheiros e companheiras. E judiciosamente podem viver também deles, abatendo o que for preciso para comer.

— E você, meu filho, que executou em meu nome esta grande obra, pode agora descansar. Não precisa mais voltar à Terra. Fique aqui ao meu lado.

O herói recriador fez, porém, a seguinte observação:

— Meu pai, depois de todo o trabalho, me restam ainda uns poucos carvões e um punhado de cinzas. Com eles posso completar a obra da recriação.

Ao que o Grande Espírito disse:

— Tudo bem. Você volta, pela última vez, à Terra e trabalha ainda uma noite. Não deixe nenhum resto de cinza e carvão, e assim tudo estará realmente completo.

O herói veio e trabalhou com afinco toda a noite. Como tinha bastante material, quis fazer uma coisa diferente. Fez vários bonecos, destruiu-os, depois fez outros, modificou-os, até que chegou à figura de um animal bem exótico.

Modelou um animal de corpo enorme e com músculos muito fortes, braços robustos com unhas longas e afiadas e, por fim, uma cauda longa e larga como uma bandeira.

Como havia bastante material, ainda fez um focinho longo, bem mais longo do que qualquer outro animal recriado anteriormente. Como ficou meio mole pelo excesso de orvalho das folhas de taioba – ele recebera a ordem de não deixar nenhum material sobrando –, o focinho quebrou várias vezes e caiu ao chão. O herói teve bastante trabalho até fazer um nariz que ficasse duro e se sustentasse sozinho.

Nisso se deu conta de que estava amanhecendo. O animal não estava pronto. Faltavam-lhe a língua e os dentes. O herói recriador devia voltar sem falta ao céu. Então, num gesto rápido, pegou um caule fino de capim, destes longos e macios, e o ajeitou na boca do exótico animal. Não havia mais tempo para terminar a obra. O dia já clareava e ele começou a subir ao céu.

Nisso, o animal, erguendo-se sobre as patas, abriu os braços e depois, apontando para a boca, gritou:

— Como posso ficar assim? Não tenho dentes e a língua é comprida e macia demais para mastigar comidas sólidas. Como vou me alimentar?

O herói, que representava também a bondade do Grande Espírito, disse-lhe antes de se esconder atrás de uma nuvem:

— Como não tem dentes, vá comer daquilo que não precisa ser mastigado, as formigas. E, para apanhá-las, basta usar a própria língua comprida e ágil. E como recriei formigas até demais, nunca vai lhe faltar comida.

Desde então, o animal exótico, de focinho comprido e de cauda enorme em forma de bandeira, anda pelas campinas e pelos matos procurando ninhos de formiga. Quando os encontra, pois existem em todos os cantos, mete a língua pegajosa no meio do formigueiro. A língua se enche rapidamente de formigas, que o animal agilmente recolhe e se delicia com elas.

Por isso, os Kaingang chamam esse animal esquisito de tamanduá, que na língua deles significa "o comedor de formigas". Os brancos, por causa de sua cauda, lhe acrescentaram ainda uma palavra, chamando-o de tamanduá-bandeira.

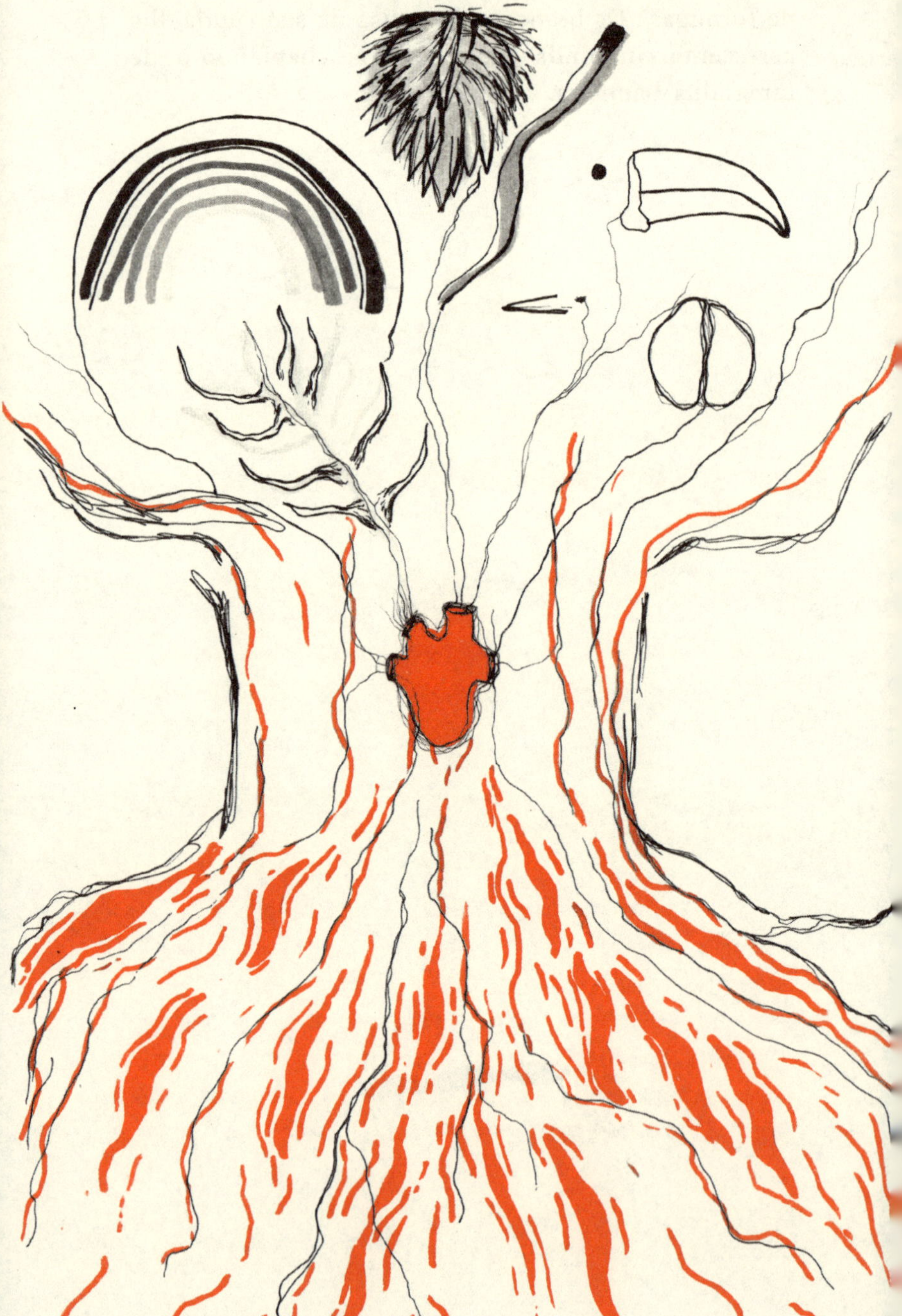

5
AS DIFERENÇAS NA UNIDADE SAGRADA DA VIDA

Sempre houve entre os povos a percepção de que a vida é una e sagrada. Há apenas uma corrente de vida, mas com muitos elos diferentes. Uns são grandes, outros pequenos, outros compridos, outros curtos, outros grossos e outros estreitos, e assim por diante, com uma variedade imensa de formas. A unidade sagrada da corrente da vida não é, pois, monolítica, mas mostra sua diversidade através desses elos. Por causa da unidade da corrente, somos todos irmãos e irmãs. Por causa da diversidade dos elos, somos todos diversos uns dos outros.

Sempre os seres humanos perguntaram: "Por que os animais, as aves, os peixes e os seres humanos são diferentes se nas veias e no corpo de todos palpita a mesma vida e corre o mesmo sangue vermelho?".

Os Cinta-Larga, da área cultural do Tapajó-Madeira, contam uma estória que visa explicar essa unidade e essa diferença.

Os antigos contam ainda hoje que, no passado, os animais e os pássaros não eram bonitos nem coloridos. Por isso, pareciam tristes. Eles mesmos ficavam descontentes quando olhavam uns para os outros.

Vendo este estado de ânimo triste, o Grande Espírito teve pena deles e se propôs a modificar essa situação. Plantou no meio da floresta uma árvore imponente e bela. Mas, no lugar das folhas, havia os mais diferentes e coloridos objetos dependurados.

O Grande Espírito dispôs o seguinte: cada animal ou pássaro podia escolher o objeto e a cor que mais lhe agradassem. Todos correram para ver aquela árvore maravilhosa, cuja copa sobressaía por sobre todas as outras.

Os primeiros a chegar foram os macacos. O chefe deles pôs-se a olhar e logo decidiu:

— Quero aqueles raminhos curvos. Vamos usá-los como cauda para nos dependurar e nos segurar nas árvores. Cada macaco vai carregá-lo atrás, como os homens carregam o arco.

Todos os demais macacos gritaram:

— Sim, queremos para nós aqueles raminhos curvos.

E desde então os macacos têm sua cauda encurvada e vigorosa, com a qual se seguram nas árvores e se orientam quando pulam de galho em galho.

Em seguida, vieram os passarinhos. Do alto, onde estavam voando, viram o arco-íris dependurado da árvore. Pegaram-no para si e o aplicaram ao corpo. E se encheram de multicores, combinando todas elas, ora mais vermelha, ora mais amarela, ora mais lilás, ora mais azul.

A onça viu um vistoso manto preto dependurado de um galho. E o pegou para si. Mas esse manto não foi suficiente para todas as onças. Por isso, existem hoje as onças-pretas e as onças-pintadas, de preto e branco.

O gavião viu um mantinho branco. Apressou-se a vesti-lo. Por isso, ele tem esse capuz branco no seu pescoço.

O urubu preferiu um manto todo negro que estava no outro lado daquele da onça. Tomou-o para si e o vestiu. E até hoje todos os urubus são negros.

A arara se impressionou com o azul de um macio mantinho que pendia de um ramo da árvore. Foi e vestiu-se com ele. Por isso, ela se chama hoje arara-azul.

O beija-flor esqueceu seu minúsculo tamanho e escolheu para si um bico grande que lhe impedia de alçar voo e lhe dava uma voz grossa que divertia os outros pássaros. Por sua vez, o tucano escolheu cores vivas, amarelas e vermelhas para enfeitar seu papo, mas optou por um bico fino e comprido. Emitia uma voz tênue que destoava totalmente de seu tamanho. Todos caçoavam dele, o que o aborrecia muito.

Daí o tucano propôs ao beija-flor:

— Vamos fazer uma troca que será vantajosa para nós dois. Você, beija-flor, me dá seu bico grande com a voz rouca e forte e eu lhe darei meu bico comprido e fino com a voz suave e tênue.

O beija-flor, a princípio, não queria de jeito nenhum. Mas, como não conseguia levantar voo devido ao peso do bico, acabou aceitando. Triunfou o bom senso.

Desde então, o tucano tem o bico grande e a voz forte e o beija-flor, o bico fino e longo e a voz suave.

E assim vieram de todos os lados outros animais e pássaros, cada qual escolhendo a cor e a forma de enfeite que mais lhes agradassem.

No final, sobraram apenas um pequeno ramo esgalhado e algumas cascas grandes de nozes. O veado tomou o raminho esgalhado para enfeitar sua cabeça. Por isso, ele tem os chifres em forma de galhos. E a tartaruga, que demorou a chegar, teve que se contentar com as cascas de nozes que ela habilmente soube ajeitar sobre as costas, como se fosse um telhado.

Desta forma, o Grande Espírito contentou a todos. Cada qual escolheu o que lhe agradou, se fez diferente dos outros e criou a variedade das formas belas de toda a corrente da vida.

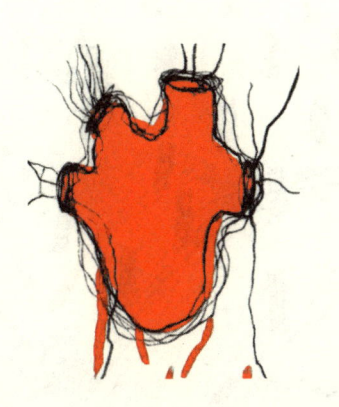

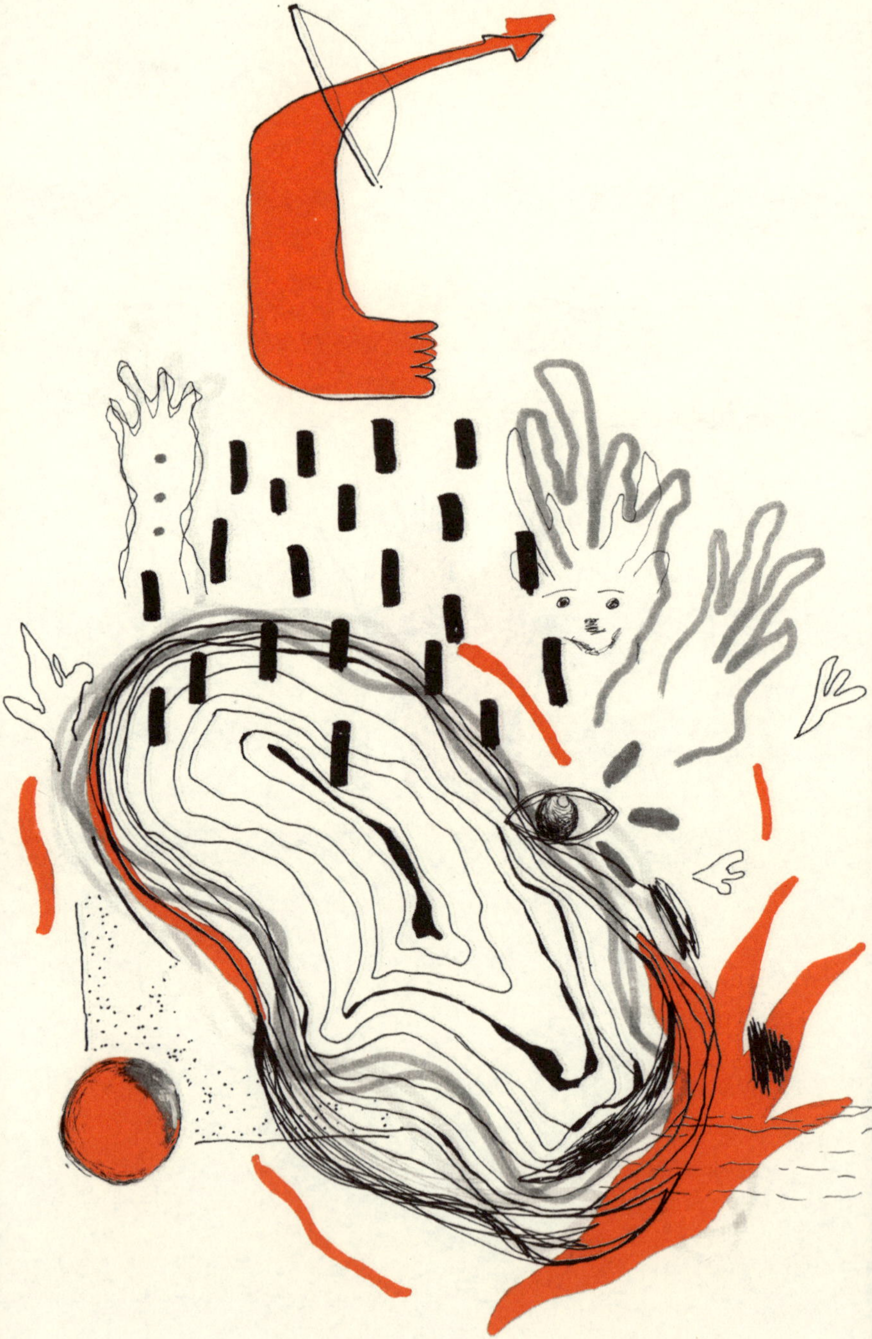

6
A LONGA ESPERA DO AMOR

Todo amor verdadeiro exige provas. O apaixonado se submete a tudo para conquistar o amor da bem-amada. A mulher sabe da força de sua sedução. Cada desejo seu é uma ordem imperiosa para o apaixonado. Às vezes, as provas podem ser tão exigentes que levam o amante à morte. Mas, para ele, nenhuma prova é grande demais. Mais forte que a morte é o amor, eis a convicção de todos os apaixonados.

Mas há mulheres cruéis em suas exigências. No afã de provar o amor do amado, podem acabar perdendo-o definitivamente. A tragédia então é absoluta e sem regeneração.

A seu jeito, os Xinguanos contam esta experiência universal. É a história da jovem Ponaim e do guerreiro Anuraui.

Ponaim era uma linda jovem, consciente de sua beleza. Cuidava-se, banhando-se nos lagos e nos igarapés tranquilos. Conhecia ervas perfumadas e belas flores do campo.

Gostava de seduzir os jovens e depois os desprezava, negando-lhes qualquer atenção. Por isso, muitos receavam acercar-se dela.

Apesar disso, Anuraui, jovem guerreiro, se apaixonou por Ponaim. Admirava seu jeito de andar, o perfil esbelto, os traços bem-feitos do rosto e a graça de sua voz.

Ponaim não desgostava do forte guerreiro. Mas o submeteu logo a uma dura prova para ver se por ela enfrentaria sacrifícios e perigos. Eis o que ocorreu:

Costumava cruzar pela campina próxima um famoso veado-galheiro de longas aspas. Era de rara beleza e de grande agilidade. Corria como uma flecha. Ninguém conseguia pegá-lo. Essa era a prova imposta por Ponaim ao valente guerreiro:

— Se você pegar esse veado-galheiro e me trouxer sua pele, eu me casarei, prontamente, com você. A pele servirá de forro para nossa rede nupcial.

Anuraui, apaixonado como estava, não mediu esforços para capturar o animal. Tentou cercá-lo, mas ele escapava. Armou-lhe uma rede, mas ele arrebentava todos os fios de embira. Abriu um valo profundo e largo por onde corria, para nele cair, mas o veado-galheiro pulava por cima e desaparecia na mata.

Certo dia, Anuraui o surpreendeu no meio da campina. Pôs-se a correr atrás dele, mesmo sabendo que era veloz como uma flecha. Desceram em alta velocidade, um atrás do outro, toda uma encosta íngreme. Lá embaixo se abria um abismo. E, no fundo, reluziam águas claras de uma lagoa. O veado precipitou-se e desapareceu na encosta. Anuraui, correndo logo atrás, não pôde frear e despencou também nas profundezas do abismo. Ambos sumiram nas águas, sem deixar sinais.

Os amigos de Anuraui vieram às margens da lagoa procurando algum indício de vida. Esperaram vários dias e nada perceberam. Por fim, entristecidos, consideraram

Anuraui desaparecido para sempre. Todos choraram seu infortúnio e recriminaram Ponaim por suas exigências absurdas. Ninguém mais olhava para ela.

Desde aquele fatídico dia, a bela Ponaim perdeu toda a alegria de viver. Arrependida, se autoincriminava muito, mas em vão, pois nenhuma saudade podia trazer o pretendente à vida. Já sem beleza, pelas muitas lágrimas, começou a passar todas as tardes à margem da lagoa, indo e vindo, com o olhar perdido na direção das águas profundas. Esperava ainda a volta de seu Anuraui, a quem submeteu a uma prova de amor excessiva. Aguardava-o com ansiedade, trazendo às costas a pele do lépido veado-galheiro. Esperava por seu perdido amor, dia após dia.

Por isso, em noites de lua cheia, ouve-se no ar, junto à lagoa, um lamento choroso. É Ponaim, mesmo depois de morta, esperando ainda por seu amado. Pois mais forte que a morte é o amor e mais longa que a vida é a saudade da pessoa querida.

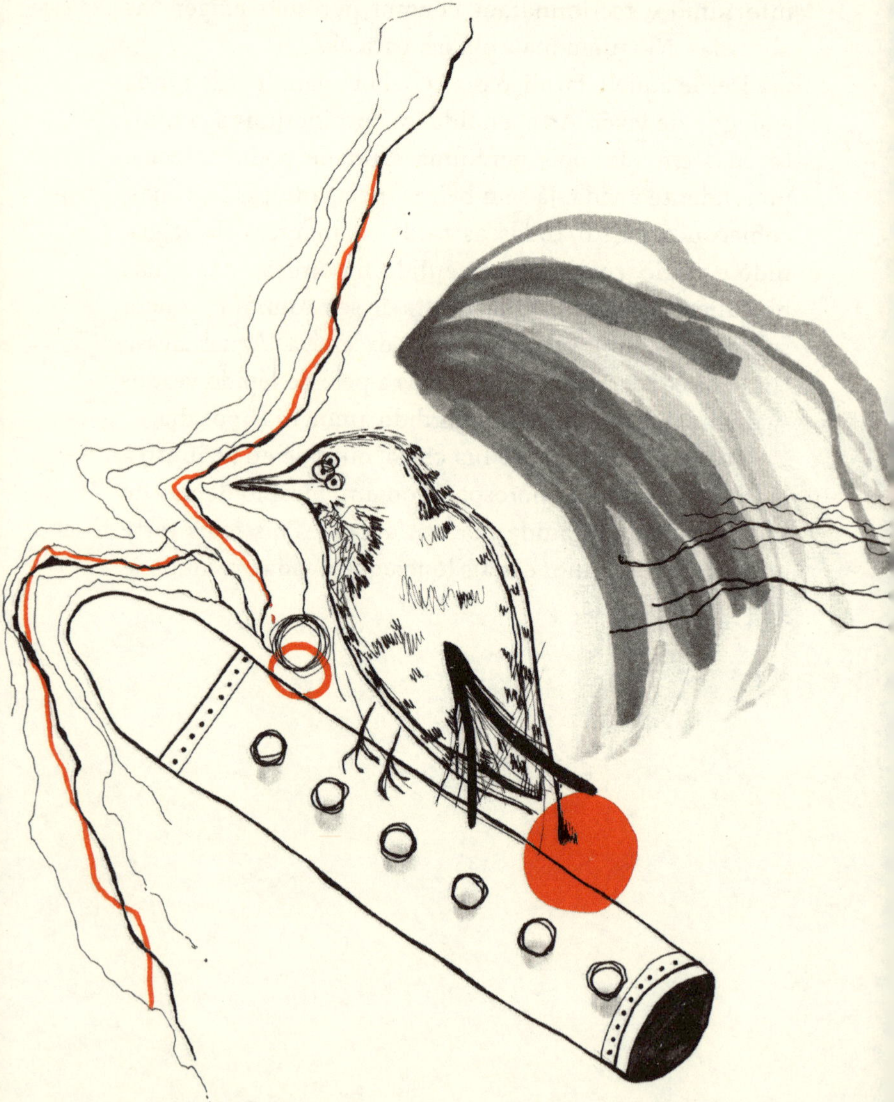

7

O CANTO DA FLAUTA MÁGICA: O UIRAPURU

O uirapuru é um dos menores pássaros da floresta amazônica e sem qualquer cor que chame atenção. Comparado ao esplendor dos papagaios e dos tucanos, pode ser considerado até feio. Mas, em compensação, sua voz é incomparável. Canta apenas quinze dias ao ano, por não mais de cinco minutos, somente durante o tempo de nidificação. Seu gorjeio acontece já ao alvorecer, quando todos os demais passarinhos estão ainda dormindo. Sua voz, bela e triste, penetra longe pela mata afora. Por que o uirapuru gorjeia com tanto sentimento?

Os Tupi lhe encontraram uma explicação.

Havia na comunidade um jovem que tocava flauta maravilhosamente. Apelidaram-no até de Catuboré, que significa "a flauta mágica". Não era bonito nem tinha especial charme, mas por causa dos sons melodiosos de sua flauta era cobiçado por quase todas as meninas casadouras. No entanto, somente a simpática Mainá conseguira conquistar seu coração. Marcaram o casamento para a primavera quando na mata florescem as quaresmeiras roxas e amarelas e os fedegosos se enchem de vermelho.

Mas aconteceu uma tragédia. Certo dia, Catuboré, "o flauta mágica", saiu para pescar em um lago distante da maloca. Escureceu e ele nada de chegar.

Mainá e suas amigas passaram a noite em claro, com o coração apertado de preocupação e de maus pressentimentos. No dia seguinte, a aldeia inteira se mobilizou, procurando-o por todos os caminhos. Finalmente, não muito distante do lago, encontraram o "flauta mágica" morto e enrijecido, ao pé de uma grande árvore. Logo entenderam: uma serpente venenosa lhe havia picado mortalmente a perna.

Todos choraram copiosamente, de modo especial Mainá e as moças que tanto apreciavam os sons maviosos de sua flauta. Como era distante da maloca e quase todos estavam presentes, resolveram enterrar Catuboré ali mesmo, ao pé da árvore que assistira à sua morte.

Mainá, quando a saudade batia mais forte, vinha com suas amigas chorar sobre a sepultura do amado. Passaram-se várias semanas e a saudade e as lágrimas não diminuíam.

A alma de Catuboré, vendo a tristeza da namorada, não conseguia também ficar em paz. Chorava junto e lastimava o seu infortúnio. Pediu, então, ao Espírito da mata que o transformasse num pássaro, mesmo pequeninho e feio, contanto que fosse cantador, capaz de consolar Mainá.

Então, foi transformado no uirapuru. É parecido com Catuboré, pois não tem especial beleza, mas canta como ninguém na floresta, num som semelhante ao da sua flauta.

Hoje, tanto tempo depois, o uirapuru continua a cantar, embora apenas ocasionalmente. Mas, quando entoa seu canto belo e triste, todos os animais se sentem atraídos uns pelos outros e começam a namorar e a se beijar. Os demais passarinhos que também cantam e gorjeiam, respeitosos e atentos, se calam por completo. Só se escuta a voz dolente do uirapuru consolando sua amada.

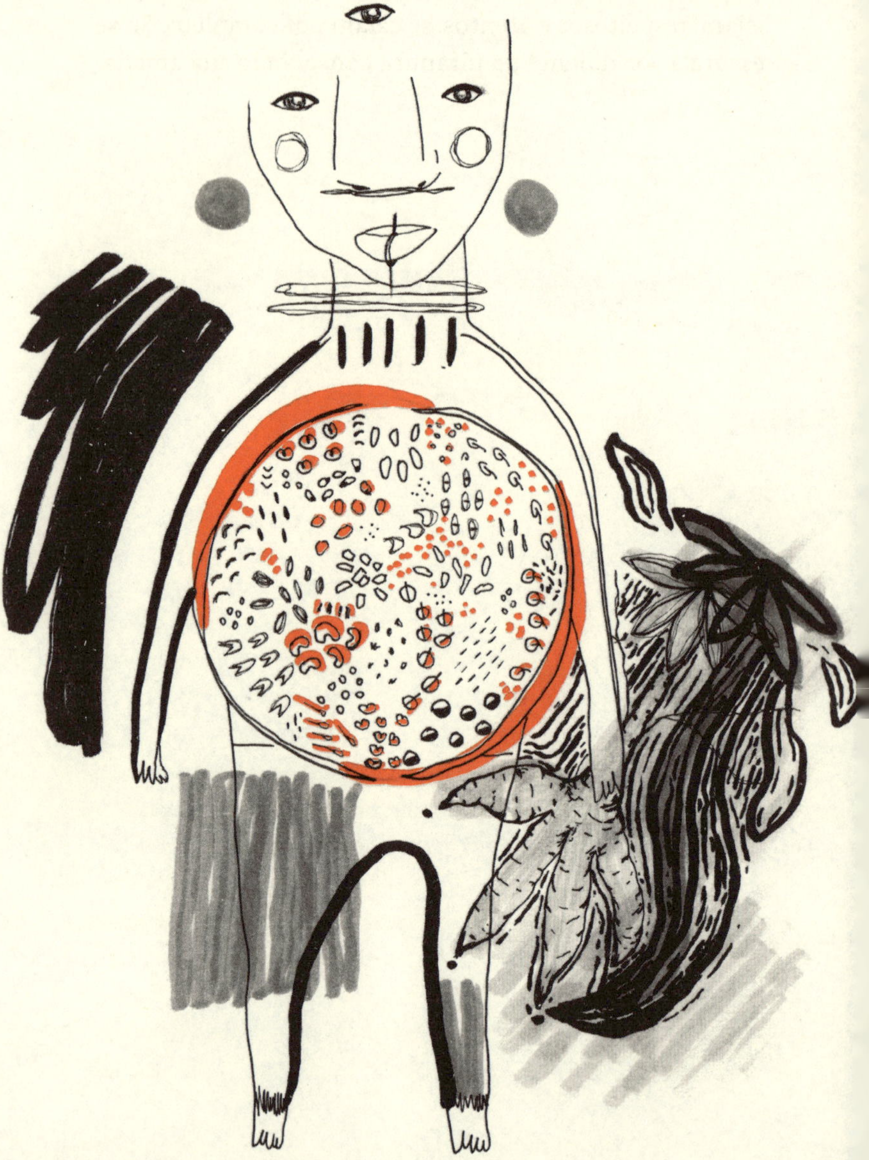

8
O AMOR E O PERDÃO TUDO ALCANÇAM

Em todas as culturas humanas, o amor é considerado o sentimento mais forte que se conhece. Por sua natureza, o amor não coloca condições. Ama por amar. Quando não é correspondido ou é até traído, ainda assim encontra força para continuar como amor, então, na forma de perdão. O perdão não deixa que a raiva, a vingança e o ódio tenham a última palavra. A última palavra sobre o destino humano quem pronuncia é o amor, infalivelmente.

Desta verdade dão testemunho os amazônicos Keiriporã, que a si mesmos chamam "Filhos dos Sonhos". Eles pertencem à rica cultura Desana, que, na língua deles, significa "Gente do Universo". Vivem na região do rio Negro, mais particularmente às margens dos rios navegáveis Tiquié e Papuri, nos limites com a Colômbia. A estória é a seguinte:

Havia um homem com poderes divinos chamado Baaribo, que significa "o dono do alimento". Ele tinha dentro de si mesmo todas as sementes de plantas comestíveis que existem no mundo. Conforme as necessidades de alimentos, tirava essas sementes de seu corpo e as passava às pessoas.

Baaribo tinha dois filhos, Doé e Abé. Doé, o mais velho, encontrou uma bela companheira e se casou. Todo mundo vivia na mesma maloca, os pais, os filhos e a nora.

Ocorreu que Abé não encontrou mulher para si e acabou por se apaixonar pela mulher do irmão. Conseguiu seduzi-la e tinha com ela relações sexuais frequentes. Doé começou a desconfiar da traição da esposa com o irmão Abé. Um belo dia, voltando do roçado, surpreendeu os dois tendo relações junto ao porto do rio. Furioso, pegou um pau e bateu tanto no irmão que acabou por matá-lo. Mas poupou a mulher que o traíra.

Depois pegou uma esteira, enrolou o corpo do irmão e o enterrou na lama, ali mesmo, à margem do rio. Foi para casa tranquilo, tratando a mulher como se nada tivesse acontecido.

A noite foi chegando e nada de Abé. O pai Baaribo ficou preocupado. Perguntou a Doé se tinha visto o irmão. Este respondeu que não sabia de nada.

Os dias foram passando e a preocupação do pai aumentava cada vez mais. Não aguentando mais, começou a percorrer as aldeias vizinhas, perguntando pelo filho. Ninguém tinha qualquer notícia dele.

Desesperado, usou de sua força divina. Devia descobrir o paradeiro do filho. Transformou-se num pássaro para poder escutar as conversas das pessoas sem ser percebido. Descia nos povoados, escutava as conversas das famílias, se aproximava das rodas dos guerreiros e ninguém falava de Abé, seu filho desaparecido.

Por fim, voou para as roças das mulheres. Elas geralmente sabem das coisas. Estavam conversando entre si perto de uma árvore de onde, pousado em forma de pássaro, Baaribo podia escutar tudo. Uma das mulheres disse para outra:

— Você sabia, irmã, o que aconteceu com Abé, filho de "o dono do alimento" Baaribo? Pois é, ele seduziu a mulher do irmão Doé. Foi surpreendido fazendo amor com ela e, por vingança, o irmão o matou a pauladas. Depois, o envolveu numa esteira e o enterrou na lama, lá mesmo.

Baaribo escutou tudinho. Ergueu voo e pousou junto ao rio. Voltou a ser Baaribo-homem e identificou na lama o corpo do filho assassinado. Ao lavar o cadáver, que já estava em putrefação, percebeu que o pênis de Abé havia sido cortado. Ficou profundamente penalizado. E chorou.

Logo decidiu, com seu poder divino, ressuscitar Abé. Fez uma cerimônia sobre o cadáver, até que ele se reanimou. Então perguntou ao filho:

— Meu filho, o que aconteceu com você? Quem o matou e por que lhe cortaram o pênis?

O filho contou tim-tim por tim-tim toda a história. O pai chorou, porque amava os dois filhos. E disse-lhe:

— Abé, vamos para casa. Eu amo vocês dois. Não quero que fiquem separados. Vou convencer a Doé que o perdoe para que, assim, possamos viver juntos e felizes.

Mas Abé não quis. Disse ao pai:

— Pai, depois de tudo o que fiz, não mereço mais viver. Quero continuar morto. Além do mais, tenho vergonha, pois estou sem o pênis.

— Não seja por isso, meu filho — disse o velho, fazendo um gesto ritual e tirando de dentro de si um cogumelo chamado, na língua dos Desana, de "pênis da lua". É praticamente igual a um pênis humano. Ele o colocou no filho Abé e lhe disse:

— Pronto. Vamos agora para casa, meu filho.

Mas Abé retrucou:

— Meu pai, todo mundo vai rir de mim. Eu continuo com vergonha com esse pênis postiço.

Mas o pai arrematou:

— Abé, agora tudo está em ordem. O pênis é perfeito. Ninguém vai perceber nada.

Estavam indo para casa, quando Doé viu o pai subindo a barranca do rio com o irmão ressuscitado. Como estava terminando uma veste de passarinho, destes que pousam na cumeeira das cabanas, a vestiu depressa e foi postar-se na ponta da cumeeira.

No que o irmão Abé pisou na soleira da cabana, Doé, do alto, cantou:

— O fantasma está chegando, psiu, psiu, psiu... O fantasma está chegando... O fantasma...

Ouvindo essa chacota, Abé parou e disse ao pai:

— Não vou mesmo entrar em casa. Vou-me embora. Não ouviu meu irmão me chamar de fantasma?

Dizendo isso, deu meia-volta e se enfurnou na mata. O pai entrou em casa sozinho e pôs-se a chorar copiosamente a morte e a fuga do filho. Não parava de chorar por semanas a fio. Não queria ser consolado por ninguém. Por fim, queria ele mesmo morrer de tristeza.

Ao saberem disso, todos os seres existentes no mundo, os humanos e animais, se reuniram para consolar Baaribo.

— Imaginem se ele morrer! — comentavam todos entre si. — Não vamos ter mais mandioca, batata, cará, pimenta, ananás, cana-de-açúcar e tantos outros alimentos de que precisamos para viver. Vamos todos morrer de fome.

Mas Baaribo não se deixava consolar por ninguém, nem pela anta, sempre muito solidária, nem pelo macaco com sua mão macia. De tanta tristeza, começaram a perceber que Baaribo poderia, de fato, morrer.

Como todos os homens da comunidade, Baaribo também trazia um brinco preso aos lábios. Então, alguns deles observaram:

— O brinco da boca de Baaribo está virado, sinal de que a morte está se aproximando.

Então, todos os animais presentes foram falar com a mulher dele, para que fizesse alguma coisa. Ela chegou perto de Baaribo, seu marido, e, sacudindo-o pelos ombros, disse:

— Meu marido querido, chega de chorar. Você chorou tudo o que tinha que chorar. Eu já parei. Veja seu brinco, ele está virando. Se não parar de chorar, vai morrer e será uma desgraça para o mundo, que ficará sem comida.

Ao ouvir que a mulher já havia chorado tudo o que devia e que ele poderia morrer, causando fome no mundo, Baaribo se animou um pouco. Alguns dias após, já melhor, disse:

— Minha mulher, essa casa só me lembra de desgraças. Nosso filho assassino, Doé, continua aqui, o outro assassinado, Abé, que eu ressuscitei, desapareceu na floresta. Também vou embora. Fique você com tudo que tiver aqui.

Largou tudo e se dirigiu ao sul. Pretendia construir uma nova família. Primeiro, entrou na casa das coelhinhas brancas. Viu que eram bonitas, mas não gostou delas, porque eram finas e branquinhas demais.

Seguiu viagem e entrou na casa das cutias. Ficou uns dias ali, estudando seu modo de ser. Eram bonitas, mas não gostou dos seus olhos vermelhos. Não quis se casar com nenhuma delas.

Andou mais alguns dias e chegou na maloca das antas. Eram gordas e morenas, mas tinham as pernas muito finas. Baaribo também não gostou delas e seguiu adiante.

Finalmente, depois de muito vagar, procurando uma mulher bonita para se casar, chegou a uma serra que fica abaixo de São Gabriel da Cachoeira, junto ao rio Negro. Aí vivia Wariro, pai de duas filhas muito bonitas. Elas também já tinham ouvido falar do que toda a floresta já sabia: que Baaribo estava procurando fazer uma nova família. Viram uma boa chance para elas.

Poderiam casar-se com alguém que lhes daria as melhores comidas.

Baaribo chegou e foi logo saudando:

— Alô, tio Wariro. Vim visitar você e sua família.

Wariro o recebeu com muito gosto, oferecendo-lhe um banco para se sentar. Logo depois vieram as duas filhas. Eram de fato bonitas e de formas perfeitas, nos olhos, no corpo e nas pernas. Baaribo, pela primeira vez, ficou entusiasmado. Gostou logo delas. E elas também adoraram Baaribo. Ofereceram-lhe então algo como beiju e mingau de tapioca, muito malfeitos, porque não conheciam ainda a verdadeira mandioca e a farinha fina feita de sua raiz. "O dono do alimento" Baaribo logo percebeu e mal podia disfarçar o desprazer. As meninas ficaram envergonhadas, mas Baaribo tomou-se de compaixão por elas. Ensinou-lhes e também ao pai delas, Wariro, a fazer roças com todo tipo de alimentos, tubérculos, sementes e frutas. Mas, principalmente, ensinou a plantar a mandioca, principal comida de todos os indígenas. A maloca começou a ficar cheia de todo tipo de alimento.

Baaribo, gostando das duas meninas, casou-se com elas, para grande satisfação do pai. Trabalhavam todos no roçado, sob a orientação de "o dono do alimento". Tudo crescia maravilhosamente. As mandiocas vinham limpas do chão, até sem casca e branquinhas, prontas para serem raladas.

Apenas uma vez ocorreu um pequeno incidente: Baaribo dissera às mulheres que nunca deveriam comer coisa alguma antes de ralar as mandiocas. Era um ritual que deveria ser seguido por respeito à mandioca, alimento principal de todos. Mas, certo dia, a mais velha voltou do roçado com tanta fome que comeu antes de ralar a mandioca. No dia seguinte, viram a consequência da desobediência. No roçado, a mandioca apareceu com casca, quando antes a raiz saía sem casca, pronta para ser ralada.

Devido àquela desobediência, até hoje a mandioca nasce com casca e suja de terra. Como castigo, as mulheres têm muito trabalho para limpar as raízes.

Depois de um tempo de casados, as duas mulheres ficaram grávidas. O filho da mais velha se chamou "Estrela Vespertina" e o da mais nova, "Estrela da Manhã". Quando os filhos já estavam crescidos, Baaribo se lembrou de sua antiga família e teve muita saudade. Chamou o Estrela da Manhã, contou-lhe toda a história de Abé, morto por Doé, e lhe pediu:

— Meu filho, vá pelo caminho do norte até a casa de seu meio-irmão Doé. Diga a ele que venha até aqui me ver.

Estrela da Manhã foi e, depois de muitos dias, chegou de volta acompanhado de Doé, sua esposa que fora seduzida por Abé e a velha mãe, a antiga esposa de Baaribo. Ao chegar, Doé foi dizendo:

— Aqui estou, meu pai. A teu convite, vim te visitar.

Baaribo o recebeu com extremo carinho. Ambos se abraçaram e choraram de alegria. Depois, o pai mandou servir a todos muitos alimentos, a maioria desconhecida por Doé, sua esposa e sua mãe. Lembraram todas as coisas passadas e todos choravam comovidos e, ao mesmo tempo, alegres. Por fim, disse Baaribo ao filho Doé:

— Chega de ódio e de maldição. Receba a minha mão de paz.

Ambos estenderam a mão de paz, se abraçaram e voltaram a chorar copiosamente, mas reconciliados.

Dias depois, antes de partirem para casa, Baaribo entregou a Doé manivas de mandioca e mudas de outras plantas comestíveis, até então desconhecidas por ele. Mandou que fizessem um roçado e seguissem as instruções que lhes deixou, especialmente as cerimônias do plantio.

Doé voltou com toda a família. Seguiu as instruções sábias do pai. Nunca mais faltou comida. A mandioca continua crescendo bonita e abundante até os dias de hoje. E as palavras das cerimônias nunca foram esquecidas.

Os antigos contam essa estória aos curumins, para sempre amarem a todos, também aos irmãos ruins, a quem devem perdoar os erros que cometerem. Mas não devem mexer com a mulher dos outros, para que não aconteça a desgraça ocorrida com Abé. E sempre devem se lembrar da origem da mandioca e das cerimônias de seu plantio.

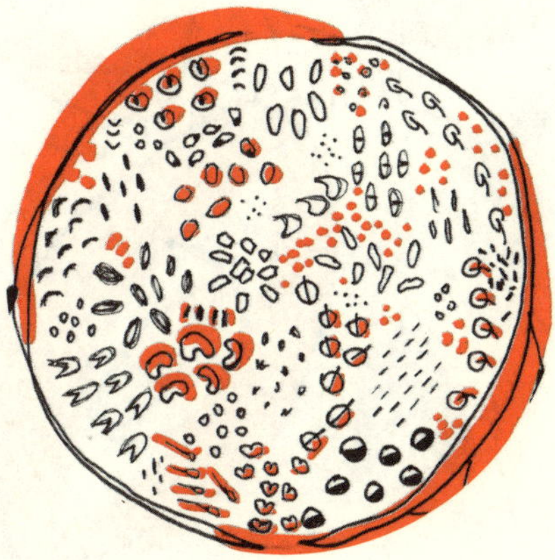

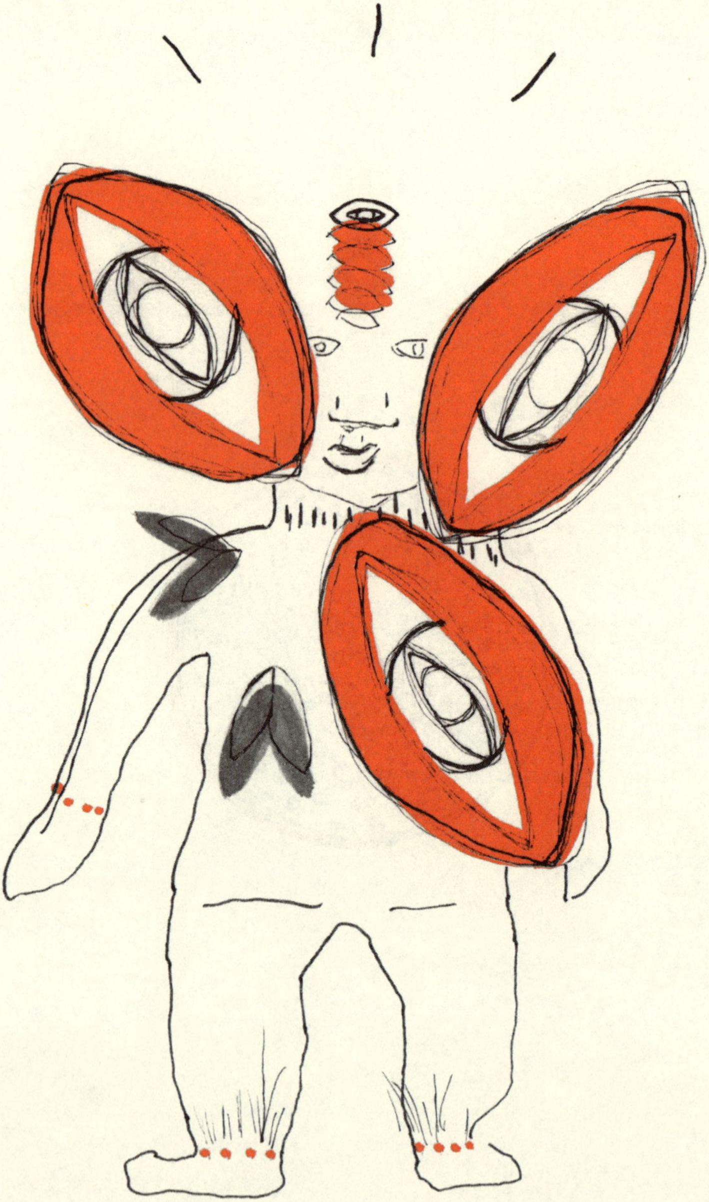

9
A ÁRVORE DA VITALIDADE: O GUARANÁ

Aguiri, menino da etnia Sateré-Maué da área cultural do Tapajós-Madeira, tinha os olhos mais lindos e espertos que jamais se vira naquela região. Os pais agradeciam frequentemente ao Grande Espírito por essa graça singular. Muitas mães pediam ao céu que fizesse nascer também para elas um filho com olhos tão bonitos.

Aguiri se alimentava de frutas que colhia da floresta e colocava em cestos que sua mãe lhe fazia. O menino também gostava de compartilhá-las com outros coleguinhas de jogos.

Certa feita, o menino dos olhos lindos distraiu-se na colheita das frutas, indo de árvore em árvore até afastar-se muito da maloca. Percebeu com tristeza que o sol já tramontara e que se fazia escuro na floresta.

Não achando mais o caminho de volta, decidiu então dormir no oco de uma grande árvore, seguro dos animais noturnos e perigosos. Mas não estava a salvo do temido Jurupari, um espírito malfazejo, que também se alimenta de frutas. Com o corpo peludo de morcego e o bico adunco de coruja, ele vaga pela floresta ameaçando quem anda sozinho.

Jurupari sentiu a presença de Aguiri e sem maiores dificuldades o localizou no oco da grande árvore. Atacou-o de pronto sem permitir que pudesse esboçar qualquer defesa.

De noite, os pais e todas as mães que admiravam Iguari ficaram cheios de preocupação. Ninguém conseguiu pregar o olho. Mal o sol raiou, os homens saíram pela mata afora em busca do menino. Depois de muito vaguear daqui e dali, finalmente encontraram seu cesto intocado, ainda cheio de frutas. E no oco da grande árvore deram com o corpo já frio de Aguiri. Havia sido morto pelo terrível Jurupari, o espírito malfazejo.

Foi um lamento só. Especialmente choravam os curumins, seus colegas de brincadeiras. Ficaram inconsoláveis. Eis que se ouviu no céu um grande trovão e um raio iluminou o corpo de Aguiri. Todos gritaram:

— É Tupã que se apiedou de nós. Ele vai nos devolver o menino.

Nisso se ouviu uma voz vinda do céu, dizendo suavemente:

— Tomem os olhos de Aguiri e plantem-nos ao pé de uma árvore seca. Reguem esses olhos com as lágrimas dos coleguinhas. Elas farão germinar uma planta que trará felicidade a todos. Quem provar o seu suco sentirá as energias renovadas e se encherá de entusiasmo para manter-se desperto e poder trabalhar incansavelmente.

E assim foi feito.

Tempos depois nasceu uma árvore cujos frutos tinham a forma dos olhos bonitos e espertos de Aguiri. Ao tomar o suco delicioso do fruto, todos sentiram grande energia e excitação.

Deram então àquela fruta, em homenagem ao curumim Aguiri, o nome de guaraná, que em tupi significa "a árvore da vida e da vitalidade".

E até os dias de hoje se toma guaraná em muitos lugares do mundo, comprovando ser um dos mais saborosos sucos da natureza e um revitalizador incomparável das energias vitais.

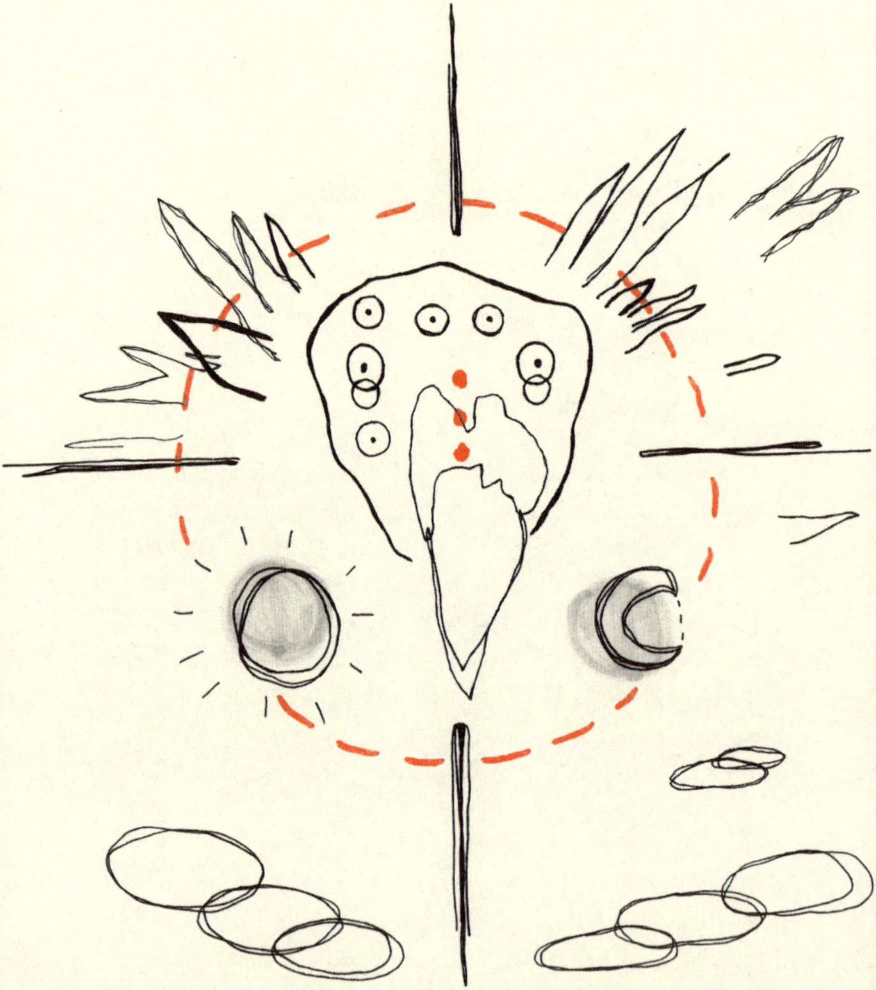

10
A RECONQUISTA DO DIA

No começo de tudo está a noite. Em seu mistério ela esconde todos os seres. Quando eles surgem, trazem junto a luz, tornando-os visíveis. Como surgiu o dia se tudo era noite?

Os Kamayurá do Alto Xingu têm uma estória interessante que explica como o dia foi conquistado.

Já existiam o Sol e a Lua, dois irmãos inseparáveis. Também era sabido que existia o dia, pois havia sido roubado pelo urubu-rei, chefe de todos os pássaros. Ele voa muito alto, acima das nuvens e perto do Sol e da Lua. Aproveitou de sua vantagem e carregou o dia consigo. E não deixava o dia sair de sua aldeia.

O Sol e a Lua decidiram recuperar o dia de qualquer jeito. Juntos elaboraram a seguinte estratégia.

Fizeram de palha um cadáver de anta, tão bem-feito que melhor não podia ser. Parecia mesmo uma anta morta. Encheram o boneco de esterco e de outros detritos para que se criassem ali muitas larvas. Moscas voavam por cima da anta, pois parecia mesmo estar já em estado avançado de decomposição.

Quando chegou a esse ponto, o Sol e a Lua disseram às moscas:

— Irmãs, vão dizer aos pássaros, lá na sua aldeia, que aqui há um cadáver de anta, cheio de larvas, que eles adoram. Levem algumas de amostra para despertar-lhes o apetite e convençam-nos, enfim, de virem até aqui.

Um enxame de moscas voou até a aldeia dos pássaros. Lá estava imponente o urubu-rei, distribuindo ordens a todos, quando uma das moscas, a mais respeitada, falou:

— Irmãs e irmãos pássaros, respeitável urubu-rei: há um banquete para vocês não muito distante daqui. Uma anta morta, cheia de larvas. Queria avisar a vocês para não perderem essa ocasião antes que outros passem por lá e devorem o que restar da anta.

Ao ouvir isso, o urubu-rei, que gostava de carniça, ficou todo entusiasmado e convocou os pássaros a passarem por lá, junto da anta, para se deliciarem com as larvas. Efetivamente, dezenas de pássaros foram em revoada, encabeçados pelo urubu-rei.

Ao chegarem, o Sol e a Lua identificaram logo a presença do urubu-rei, chefe dos pássaros. Antes que se aproximasse da anta, eles o agarraram pelas pernas e seguraram, com toda a força. Os irmãos Sol e Lua lhe disseram:

— Urubu-rei, nós temos luz, mas você nos sequestrou o dia. Você, chefe dos pássaros, mantém o dia em sua aldeia e não permite que ele saia para ajudar aqueles que estão na noite. Entrega-nos o dia de volta. Caso contrário, vai ficar nosso prisioneiro.

— Como vocês podem fazer isso? Não lhes basta terem a luz e reinarem sobre todo o céu? — argumentou o urubu-rei.

Ele não queria entregar o dia de jeito nenhum. Mas, vendo que o Sol e a Lua não largavam de suas pernas, prometeu entregar de volta o dia. Chamou o jacu, seu grande amigo, e lhe disse:

— Jacu, meu parente, enfeite-se de penas de araras-vermelhas, com canitar e brincos, e vá à aldeia buscar o dia. Traga-o hoje ainda para cá.

E o jacu foi prontamente.

Pouco tempo depois, regressou trazendo consigo o dia. Estava esplêndido. Deixou atrás de si um rastro de luz fulgurante que iluminava todas as coisas.

Entregou o dia ao urubu-rei, que, triste, o passou ao Sol e à Lua. Eles, em recompensa, o libertaram. Ganhando altura, o urubu-rei desapareceu no azul do firmamento.

Desde aquele momento, todos os seres conhecem o dia e a noite. O dia nasce esplêndido pela manhã, fica radiante ao meio-dia e, à medida que a tarde avança, vai se esvaindo e amortecendo até desaparecer de noite. Mas, a cada manhã, como que renovado pela escuridão, o dia renasce radiante trazendo a alegria a toda a natureza: as flores se abrem, os pássaros cantam, os animas acordam e os seres humanos começam a trabalhar. Toda essa maravilha acontece porque os irmãos Sol e Lua resgataram o dia do cativeiro em que o urubu-rei o mantinha.

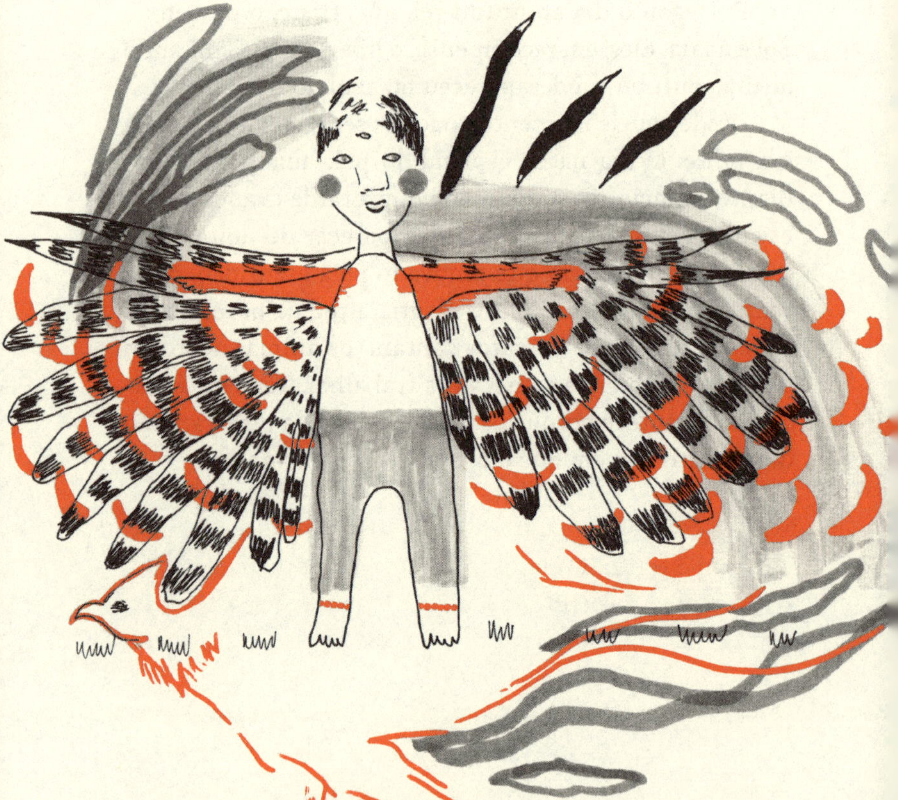

11
TANTOS PÁSSAROS, TANTAS VOZES

Há um dado que se encontra nas culturas de todos os tempos: a natural curiosidade humana em decifrar os mistérios da criação. Pergunta-se, por exemplo: "Como o mundo surgiu? Por que há seres humanos tão diferentes? Por que existe a morte se amamos tanto a vida? Por que cada pássaro tem o seu canto próprio?". E assim por diante.

Os Kamayurá do Xingu, férteis em inventar narrativas fantásticas, contam a seguinte estória acerca dos diferentes trinados dos pássaros:

Aborrecido por ter brigado com sua mulher, certo Kamayurá resolveu abandonar a casa, metendo-se mata adentro. Encostou-se no tronco de uma castanheira e falou:

— Vovó, quero ficar igual a você!

— Meu neto — respondeu a castanheira —, você não vai aguentar. Ser árvore é muito arriscado, é estar exposta aos raios e aos ventos, tem que ficar sempre acordada senão morre.

Decepcionado, o Kamayurá ficou vagando pela mata e falou a mesma coisa a um pau-d'arco:

— Vovô, quero ficar igual a você.

— Não pode, meu neto — respondeu o pau-d'arco. — Todo mundo que quer fazer arco e flecha vem e me corta. Nós não duramos muito. Está disposto a morrer cedo?

O homem ouviu, assustado, e saiu andando de novo por aí. A certa altura, sentiu cheiro de fumaça. Constatou que passarinhos estavam queimando um roçado. Aí um dos passarinhos perguntou:

— Vovô, que está fazendo por aqui?

— Nada — respondeu o Kamayurá. — Estava passeando quando vi a fumaça de vocês e parei um pouco para conversar.

— Então vamos sentar naquele canto sombreado e conversamos.

E conversaram muito tempo, até que o chefe dos passarinhos disse:

— Vovô, vamos lá para a nossa aldeia, que é muito bonita. Aqui só temos esse roçado e hoje resolvemos limpá-lo e queimar o capim.

E o Kamayurá lá se foi com os passarinhos. Quando chegaram à aldeia foi aquele alvoroço, pois eles gostam de visitas. Mas conversa vai, conversa vem, se deram conta de que o Kamayurá vinha da mesma aldeia onde morava o arqui-inimigo deles, um caçador que gostava de matar passarinhos, tucanos, papagaios, araras, gaviões e outros mais. Matava-os não porque precisasse para comer, mas por gosto e por maldade, pois queria acumular muitas penas.

Então, o chefe dos passarinhos sussurrou aos demais de sua comunidade:

— Amanhã temos que fazer a nossa visita ficar igual a nós. Ele não disse na conversa que queria ser igual à castanheira e ao pau-d'arco? Já que ele quer tanto ser outra coisa, que seja igual a nós.

O chefe e os pássaros confabularam entre si para usar o guerreiro, grande e forte, para matar o caçador de pássaros.

Todos os pássaros concordaram. No dia seguinte, passaram látex da seringueira no corpo dele e o cobriram de penas. Pegaram as do gavião-real, que são muito grandes, e colaram-nas de forma que ele parecia realmente um pássaro. Pediram que se sacudisse todo para ver se as penas estavam bem coladas. Sacudiu-se uma vez e não caiu nenhuma. Sacudiu-se uma segunda vez e caiu uma. O pajé, que sabia interpretar os sinais, viu nisso um presságio sinistro e disse:

— Esse Kamayurá não vai viver, não. Vai ser morto pelo caçador.

Mesmo assim, os pássaros pegaram o Kamayurá recoberto com as penas do gavião-real e o levaram para o local onde eles treinam para voar.

— Voe para aquele galho lá em cima e pegue o cupim que está ali dependurado — disseram os pássaros.

O rapaz voou, mas errou o alvo e sequer tocou o cupim. Aí disseram de novo:

— Tente mais uma vez, traga para cá o cupim.

O Kamayurá voou primeiro ao redor da árvore e depois se dirigiu na direção do cupim. Conseguiu pegá-lo, mas ficou preso na ramada da árvore e não pôde descer. Então, o chefe dos passarinhos disse:

— Deixa isso para lá. Tente voar na direção dessa pedra aqui embaixo e levante-a do chão.

O Kamayurá voou, mas errou o alvo. Deram-lhe uma segunda chance e errou de novo. Daí, o chefe dos passarinhos comentou:

— Esse aí não tem jeito, não. Ele é muito ruim. Parece um de nós, mas não é um de nós. Não tem a nossa habilidade. O pajé tem razão. Ele vai morrer mesmo.

Apesar dessa decepção, no dia seguinte voaram todos os passarinhos na direção da casa do caçador. Levaram o

Kamayurá junto. Queriam usar a força dele para ver se liquidavam o inimigo. Ao chegar, alguns se postaram no topo da casa, enquanto outros ficaram nas árvores vizinhas. O Kamayurá ficou numa árvore perto, de onde podia observar o caçador dentro de casa.

Este estava lá tranquilo e cantarolando. O Kamayurá, no entanto, estava nervoso, querendo logo voar e arremeter contra o caçador. Mas o chefe o acalmava, dizendo sempre de novo:

— Espera, espera. Ainda não é chegada a hora.

De repente, o caçador de pássaros assomou na porta da casa. O Kamayurá, parecendo um gavião-real com todas aquelas penas brancas, voou em cima dele, mas errou o alvo. O caçador o agarrou e o arrastou para dentro da casa, onde o matou sem piedade.

Os pássaros voltaram tristes para a aldeia porque tinham perdido o Kamayurá, bem como o pajé havia previsto. Na conversa à noite, o chefe perguntou aos pássaros se o morto tinha algum filho. Eles responderam que sim. Todos ficaram contentes e se puseram de acordo em ir buscar o menino.

Então o chefe chamou o sangue-de-boi e disse-lhe:

— Amanhã você vai à aldeia do caçador, nosso inimigo, onde mora o filho do Kamayurá morto, e veja a forma de trazê-lo para cá.

O sangue-de-boi foi e pousou bem em cima do jirau da casa do menino. Pôs-se a cantar. A mãe saiu à porta e ouvindo o pássaro cantar, correu e falou para o filho:

— Venha aqui com o arco e a flecha para caçar esse sangue-de-boi.

O menino saiu com o arquinho e as flechinhas dele. Quando estava a ponto de lançar uma flecha, o sangue-de-boi voava para a árvore vizinha. Quando o menino chegava perto da árvore, o pássaro voava para uma mais afastada e assim sucessivamente. Toda vez que o menino se aproximava, o sangue-de-boi voava, até que chegaram no meio da mata.

Então, o sangue-de-boi tirou, ligeiro, a roupa vermelha e virou gente. Acercou-se do menino e disse-lhe gentilmente:

— Curumim, menino, vim buscar você para matar o caçador de pássaros que está fazendo uma dizimação entre eles. Não caça para comer, mas por gosto e maldade porque quer acumular penas. Foi ele que matou seu pai, que estava vestido de pássaro.

O menino ficou pensativo e depois acabou concordando. Disse ao homem:

— Deixe-me ir para casa, vou avisar minha mãe, enquanto você espera aqui.

Ele contou tudo para a mãe, que começou a chorar, pois imaginava o risco que o filho corria. Mas, como ele insistia em ir, ela recomendou:

— Meu filho, você pode ir. Vá vingar a morte de seu pai. Mas, quando atacar o caçador de pássaros, não venha pela frente não. Seu pai morreu por causa disso. Venha por trás que você o matará.

A mãe entregou ao menino três esteiras para a viagem.

O curumim foi ao encontro do homem, que o esperava no lugar marcado. Juntos seguiram rumo à casa dos passarinhos. Ao chegarem, foi aquela alegria geral. Todos gritavam contentes, ao mesmo tempo, "parecó piá, parecó piá", que na língua dos Kamayurá significa "como vai, piazinho, como vai, gurizinho, como vai, menino?".

Depois dos cumprimentos, o chefe disse ao recém--chegado:

— Agora nós vamos fazê-lo igual a nós, como fizemos com seu pai. Vamos colar penas em seu corpo, primeiro as pequenas e depois as grandes. Vamos usar as penas da harpia, a águia gigante. Assim você será como um de nós. E então você vingará a morte de seu pai e nos libertará do caçador que nos ameaça continuamente.

O menino ouviu com atenção e pensou na recomendação de sua mãe. Disse alto para todos ouvirem:

— Tudo bem, vou vingar a morte de meu pai. Mas todos nós devemos atacá-lo por trás, porque pela frente ele nos matará a todos.

Em seguida, fizeram um teste com o menino todo emplumado. Pediram que se sacudisse duas vezes para ver se alguma pena caía. Não caiu nenhuma. Foi quando o pajé, que a tudo observava, comentou:

— Esse não vai morrer, não. Esse vai viver e vai nos libertar do caçador perverso.

Eles levaram o menino para o ensaio de voo e o submeteram às mesmas provas a que haviam submetido o seu pai: apanhar um cupim na árvore e levantar uma pedra do chão. E o menino fez tudo com a maior facilidade. Os pássaros, contentes, comentavam entre si:

— Este, sim, vai matar nosso grande inimigo, o caçador de pássaros.

No dia seguinte, foram todos para a casa do caçador perverso. Alguns se empoleiraram no alto da casa, outros, nas árvores vizinhas e o menino-pluma-de-águia, numa imbuia num canto perto da porta. O caçador cantarolava, alegre, dentro da casa.

De repente, ele pôs a cabeça para fora da porta. Foi o exato momento em que o menino-pluma-de-águia voou certeiro em cima dele. Agarrou-o fortemente, prendendo-lhe os braços, e começou a elevá-lo do chão para o alto. Ia subindo com ele preso, quando dois gaviões vieram ajudá-lo. Quando estavam bem alto, para além das árvores, largaram o caçador de lá de cima e ele se espatifou lá embaixo. Jorrou sangue por todos os lados. E morreu.

Todos os pássaros bateram as asas de contentamento e felicitaram o menino-pluma-de-águia. O chefe mandou que a pomba e o beija-flor fossem às aldeias vizinhas e convidassem todos os pássaros para a festa que iria acontecer. Assim fizeram, e bandos de pássaros vieram em festa.

O chefe dos pássaros saudou e agradeceu a todos:

— Nós só falamos a língua dos seres humanos. Isso não é justo. Cada família de pássaros deve poder ter a sua própria língua. Vamos trabalhar o sangue do nosso arqui--inimigo, o caçador de pássaros, e fazer línguas diferentes para nós. Os representantes das famílias podem começar a trabalhar.

E aí, cada representante começou a trabalhar o sangue com afinco. Uns fizeram línguas finas, de onde saíam vozes altas e estridentes. Outros fizeram línguas grossas, que emitiam vozes baixas e graves. De línguas longas vinham vozes compridas. E assim cada família de pássaros escolheu a língua e a voz que melhor lhe parecia.

Mas alguns erraram na proporção. O beija-flor escolheu uma voz muito grossa e a anhuma, bem maior que ele, uma muito fina. Percebendo que as línguas não calhavam bem para eles, resolveram trocar. A anhuma ficou com a do beija-flor e o beija-flor, com a da anhuma.

Também a pomba não gostou de sua voz, muito grossa, bem como o mutum da sua, muito fraca. Fizeram uma troca que os deixou muito satisfeitos.

Quando todos tinham feito suas línguas, o chefe dos pássaros disse:

— Agora podemos todos voltar para nossas aldeias, cantando em nossas línguas. Sempre que o dia clarear, cantem todos em sua própria língua. Encheremos a floresta e os espaços de trinados e melodias. Mas, antes de nos separarmos, peço a dois gaviões-reais que levem o menino para a casa dele.

Antes que o menino partisse, todos os pássaros presentes tiravam penas de seus corpos, as mais coloridas e belas, e as deram de presente ao menino, que encheu as três esteiras que a mãe lhe havia dado ao sair.

Os gaviões-reais levaram o menino para junto de sua mãe. Ao chegarem lá, disseram:

— Vovó, viemos lhe trazer seu filho. Ele vingou a morte do pai, matou o caçador perverso e nos libertou a todos.

O menino contou a toda a aldeia a aventura que tinha vivido, até a engraçada confecção das línguas com o sangue do caçador de pássaros.

E, desde então, a cada manhã, ao alvorecer, o menino se acostumou a sair à porta para escutar as vozes dos passarinhos, diferentes e maviosas, fazendo todas juntas uma grande e sonora cantoria. E lembrava-se de cada família de pássaros que havia conhecido, cada uma com sua língua e sua voz, feita com o sangue do seu arqui-inimigo. E com seu assobio se unia, contente, ao cântico dos pássaros.

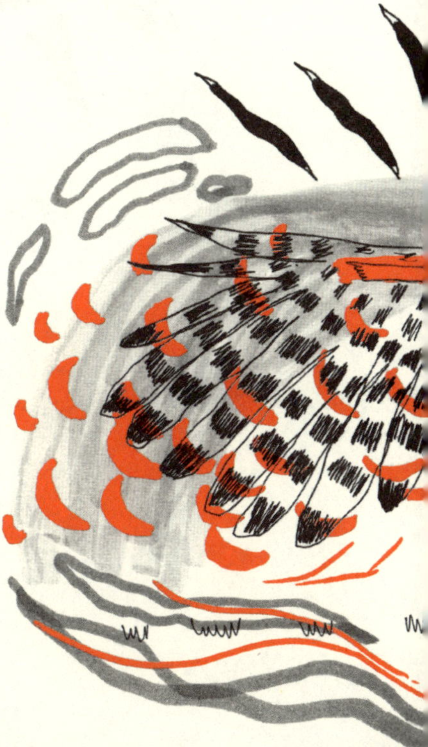

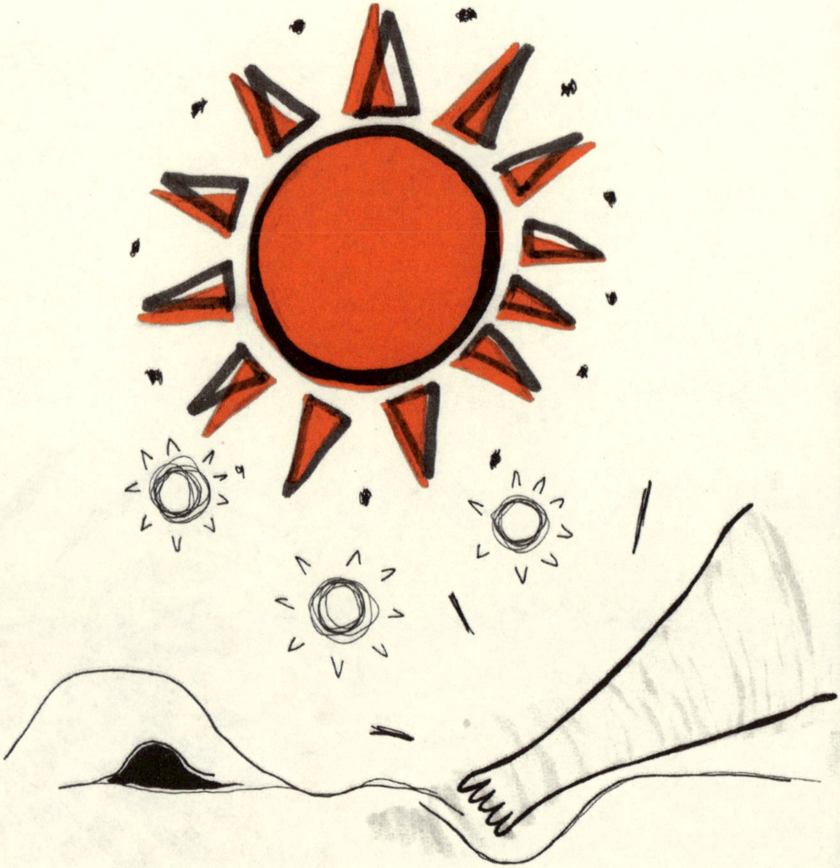

12
E O SOL VOLTOU A BRILHAR PARA TODOS

Em todas as grandes culturas, o Sol ocupa, nas várias estórias e tradições, um lugar central. Ele é fonte de vida para todos os seres. Para continuar a ser fonte vida, ele precisa também ser alimentado com vidas. Por isso, sempre houve sacrifícios humanos oferecidos ao Sol. Essas mortes são rituais, formas de agradecimento e de súplica. Os que são sacrificados sentem-se honrados em morrer, pois viram um raio de luz solar e sabem que com seu gesto garantem a perpetuidade do Sol e, com isso, a vida de todos os demais seres vivos.

Em quase todos os "mitos", o Sol atual é um entre tantos outros sóis anteriores. Isso significa que a história da natureza e do ser humano não é linear, mas cheia de passagens. Ela conhece muitas retomadas e muitas fases.

Os Juruna da Ilha do Bananal contam, a propósito, a seguinte estória:

Para garantir sua provisão de vidas, necessárias para que ele próprio pudesse viver, o Sol usou o seguinte estratagema: cavou, perto de sua casa, um buraco numa pedra e o encheu de água. O buraco fora construído de tal maneira que quem introduzisse a cabeça ou a mão lá dentro não conseguiria mais retirá-las. Assim, toda vez que alguém vinha tomar água, ficava preso ali e era, então, sacrificado pelo Sol.

Certo dia, um jovem Juruna, não sabendo da armadilha, passou por lá perto e, ao ver a água, quis tomá-la. Acabou ficando preso pela mão.

Ao se dar conta da armadilha, inteligente, pensou: *Quando o Sol vier, vou me fingir de morto de tal forma que ele não vai logo me devorar. Depois, darei um jeito de escapar e, assim, continuar vivo.*

De fato, ao sentir pelo calor que o Sol se aproximava, fingiu-se de morto. Prendeu a respiração, o movimento dos olhos e até as batidas do coração. O Sol veio, examinou o rapaz, entreabriu-lhe os olhos e apalpou o coração do Juruna, constatando que não mais respirava. Parecia haver morrido mesmo. Por segurança, sacudiu um ninho de formigas em cima dele. O Juruna aguentou todas as picadas e não deu sinal de vida. Então, o Sol julgou-o realmente morto e o jogou dentro de um cesto. Chegando em casa, pendurou o menino num galho de árvore que crescia perto da porta.

No dia seguinte, disse ao filho:

— Filho, traga-me para dentro de casa o cesto com o Juruna morto que prendi ontem!

O filho do Sol foi, mas encontrou o cesto vazio, uma vez que o Juruna aproveitara a noite, quando o Sol também dorme, para fugir. Foi então que o Sol, furioso, mandou sua borduna mágica correr atrás do Juruna, a borduna com a qual sacrificava os seres vivos. Era só dar ordens e ela, magicamente, já começava a bater e a dar golpes em todas as direções.

Foi assim que a borduna saiu velozmente batendo em todo mundo para ver se acertava o Juruna. Bateu no veado, bateu na anta, bateu no tamanduá e até no gavião-real ela bateu.

Ao regressar, o Sol disse à borduna:

— Tudo bem que você tenha batido em tantos bichos, mas nenhum deles era o Juruna que eu queria. Tem que continuar batendo até caçar o fujão.

A borduna mágica, então, saiu de novo a bater até que chegou a um tronco com um grande oco dentro. Descobriu que lá dentro se escondia o rapaz e bateu e bateu no tronco, mas nada de fazê-lo sair. Cortou, então, uma vara longa e afiada de bambu e a enfiou dentro do buraco. O Juruna ficou todo ferido, mas permaneceu dentro da toca. Sobrevindo a noite, a borduna mágica suspendeu sua perseguição. Ao chegar de volta, informou tudo ao Sol, que lhe disse:

— Burduna, foi bom o que você fez, mas tem que acabar a obra. Coloque uma pedra pesada na boca do buraco e depois volte e acabe de matar o Juruna.

De noite, no entanto, o Juruna começou a gritar:

— Meus irmãos e minhas irmãs da floresta, socorro! Socorro. Venham me tirar desse buraco, senão o Sol vai me matar.

De repente, de todos os lados, apareceram bichos: anta, porco-cateto, veado, macaco, paca, cutia, tamanduá. Até a onça-pintada veio. Como o menino estava muito ferido, deveriam alargar a abertura para que saísse sem demasiado sofrimento. Os bichos começaram a alargar com os dentes o buraco. Quando quebravam os dentes, vinham outros para substituí-los. A anta trabalhou bem. O buraco alargou. O Juruna pôs a cabeça de fora, mas o corpo não passava. Então entrou em ação a cotia, que abriu ainda mais o buraco. Por fim, veio a paca, que completou o serviço, e o Juruna pôde sair. Ele agradeceu a colaboração solidária dos irmãos e das irmãs e se embrenhou na mata.

Quando o Sol, junto com a borduna mágica, chegou para acabar com o Juruna, ele já estava longe, chegando em casa. O Sol teve que aceitar essa derrota.

Três dias depois, já refeito do susto, o Juruna disse a sua mãe:

— Vou sair, vou pegar coquinhos na floresta.

— Não vá, meu filho — retrucou a mãe. — O Sol vai pegá-lo e matá-lo.

Mas o Juruna, que havia mandado cortar o cabelo e se pintado de jenipapo, disse a sua mãe:

— Agora sou outra pessoa. O Sol não vai poder me reconhecer. Pode ficar tranquila, minha mãe.

E saiu. Na primeira palmeira que encontrou, subiu e pôs-se a recolher coquinhos. Nisso passou o Sol e percebeu alguém lá em cima. Pensou que era um macaco, mas, reparando bem, reconheceu o Juruna. Gritou-lhe logo:

— Reconheci você na hora, seu fujão. Você me escapou dias atrás, mas agora vai morrer. Desce logo que vou acabar com você.

O Juruna, lá do alto da palmeira, lhe respondeu com voz firme:

— Não sou quem você está pensando, não. Sou outro.

— Você não me engana como enganou a borduna. Desce logo que vai morrer agora mesmo — ameaçou o Sol.

O Juruna lhe retrucou espertamente:

— Ô Sol. Aqui tem muito coco e do bom. Pegue um cacho que vou jogar para você comer também. — E jogou um cacho pequeno.

O Sol abriu os braços e o pegou. Em seguida, o Juruna gritou:

— Ô Sol, pegue mais esse, bem maior e melhor.

E jogou, com toda força, um enorme cacho, cheio de cocos. Era tão pesado que o Sol não conseguiu segurá-lo. O cacho bateu pesadamente em seu peito. O Sol caiu ao chão e morreu.

Em consequência, houve grande escuridão por sobre a Terra. A partir de então, não haveria mais dia e noite, apenas escuridão.

Com a morte do Sol, seu dono, a borduna mágica se transformou numa terrível serpente. Do sangue que escorria do Sol morto se formou todo tipo de animal venenoso: aranhas, cobras, escorpiões, lacraias e outros mais. Tais animais forravam o chão, impedindo o Juruna, refugiado no alto da palmeira, de descer. Mas ele fez como os macacos e foi saltando de árvore em árvore até perceber que podia descer sem risco.

Por causa da escuridão, mal conseguiu chegar em casa. Ao entrar, o Juruna contou para a mãe, sem mais nem menos:

— Mãe, matei o Sol.

A mãe, apavorada, perguntou:

— É por isso, então, que agora reina escuridão e que as pessoas estão morrendo? Está tudo escuro como um breu. Ninguém consegue sair para caçar e pescar. Eu lhe disse, meu filho: "Não saia de casa". Você teimosamente saiu e veja agora o mal que acarretou.

Enquanto isso, lá na casa do Sol, sua mulher também estava desconsolada. Disse aos três filhos:

— Um de vocês deve assumir o lugar do pai morto. Deve trazer de volta o dia, a luz e o calor para a Terra. Senão como haverá vida? Como nós vamos também sobreviver?

O primeiro filho, o mais velho, se dispôs a assumir o lugar e a função do pai. Colocou o penacho dourado na cabeça donde jorra toda luz para o universo. Começou a subir pelo céu, mas mal chegou ao meio da manhã, achou o penacho muito quente e desistiu.

Daí se animou o segundo filho. Também tomou o penacho dourado, produtor da luz e do calor, colocou-o na cabeça e começou a subir pelo céu afora. Nem havia chegado ainda o meio-dia, quando, sentindo calor demais, depôs o penacho e desistiu também.

Não sobrou alternativa que não fosse o terceiro filho assumir a função do Sol-pai. Colocou o penacho dourado na cabeça. Começou a ascender, resoluto, pelo céu azul. Mas, como esquentava muito, começou a acelerar a caminhada até se esconder no outro lado. Regressando, de noite, para casa, disse-lhe a mãe:

— Filho, foi bom você assumir o lugar do pai falecido, mas andou depressa demais. Deve ir mais devagar, senão como as pessoas terão tempo para caçar, pescar e trabalhar no roçado? Não corra tanto. Você deve ir andando e, quando chegar bem no alto do céu, no meio do caminho, faça uma paradinha. Depois comece a descer devagar. E, antes de se esconder do outro lado para dormir, dê novamente uma pequena parada.

O Sol-filho fez tudo como a mãe havia recomendado. Começou, então, a haver, de novo, dia e noite, manhã, meio-dia, quando o Sol dá uma paradinha no zênite, tarde e boca da noite, quando o Sol, como despedida, dá uma última paradinha.

Foi então que as pessoas e toda a natureza puderam voltar a dormir e a acordar, a trabalhar de dia e a descansar de noite.

E o Sol desde então, como a grande e boa mãe lhe recomendou, continua a fazer o seu percurso pelo céu, até os dias de hoje. Mas com uma diferença: agora ele dispensa sacrifícios humanos, porque descobriu que tem em si mesmo força inesgotável para distribuir a todos. E, desta forma, tudo continua a ser bafejado pelo Sol, que, generosamente, distribui luz e calor de onde vêm a vida, o verde das plantas e o resplendor da nossa grande e querida Mãe Terra.

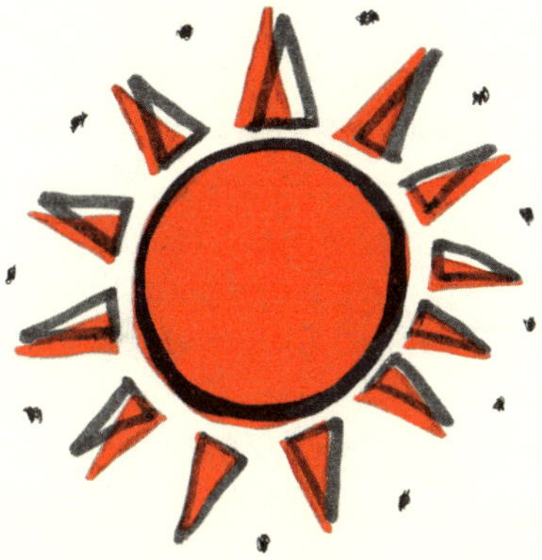

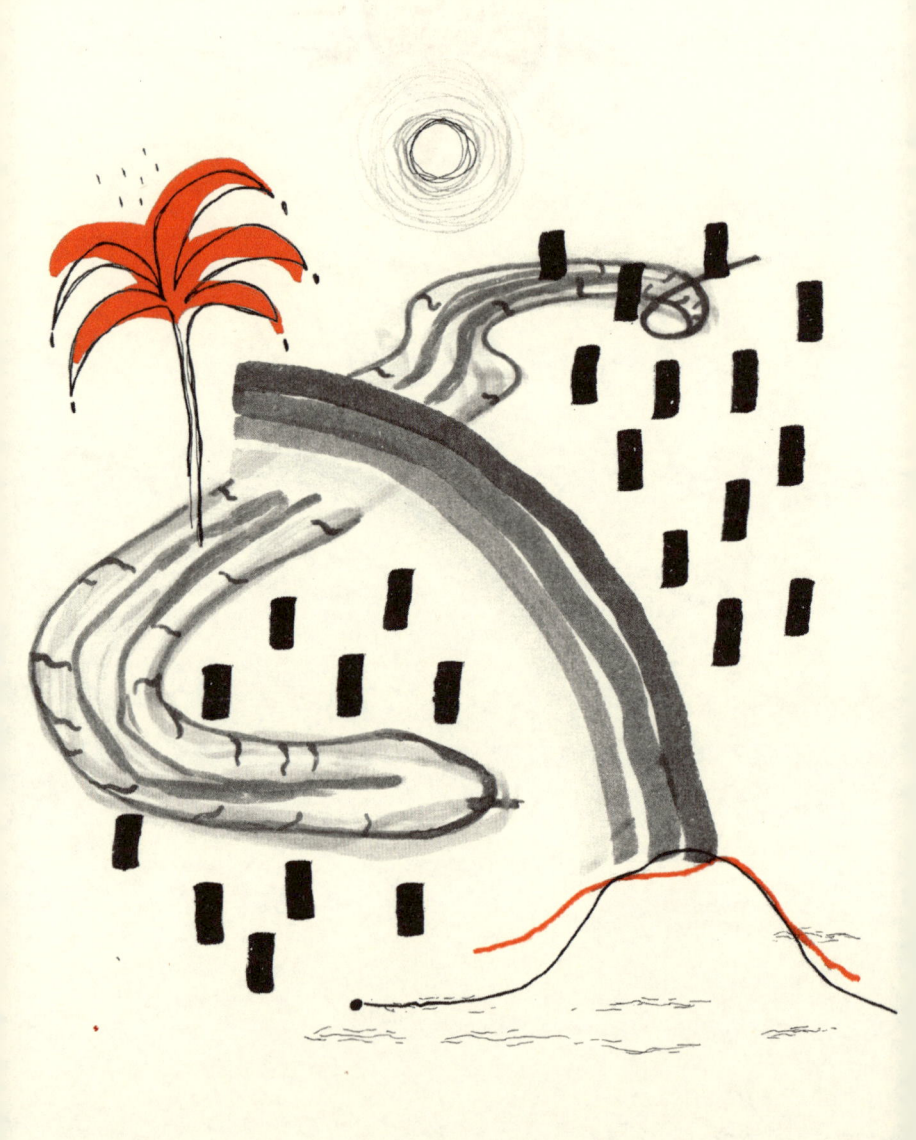

13

UM IMPOSSÍVEL AMOR: AS CATARATAS DO IGUAÇU

Todos os que visitam as imponentes cataratas do rio Iguaçu, entre o Brasil e a Argentina, se recordam da soberba palmeira que se ergue de uma ilhota exatamente no ponto de onde as águas se precipitam. E lá embaixo, na mesma direção da palmeira, se pode ver uma pedra no fundo das águas claras. Parece até um milagre da natureza que tanto a palmeira quanto a pedra resistam ao turbilhão das águas fragorosas.

Os indígenas da região, os Kaingang, sabem o porquê e nos desvendaram o mistério. Contam a seguinte estória, carregada de dramaticidade:

Há uma luta sem trégua entre o Bem e o Mal na natureza, na história da etnia e na vida de cada Kaingang. Cada lado contabiliza vitórias e derrotas sem nunca conseguir assegurar a vitória definitiva de um sobre o outro. No entanto, os pajés Kaingang inventaram um estratagema para garantir a última palavra ao Bem sem suprimir totalmente o Mal. Ei-lo:

A cada primavera, oferecem em casamento ao Mal a mais bela jovem da aldeia. Ela não pode olhar para ninguém nem deixar seu coração ser conquistado por algum pretendente. Assim o Mal, satisfeito, modera sua maldade enviando menos doenças às pessoas, menos tempestades às aldeias, menos pragas às plantações de milho e de mandioca e menos ataques de comunidades inimigas. As jovens escolhidas aceitam até como privilégio esse casamento sinistro, porque sabem que desta forma ajudam a toda comunidade.

Num certo ano, a sorte caiu sobre Naipi, filha do grande cacique. Ela era especialmente bonita e cobiçada pelos mais elegantes guerreiros, mas, sabendo-se comprometida com o Mal em benefício de todos, se comportava com a maior discrição e indiferença. E, mais ainda, aguardava feliz o dia do casamento.

Os preparativos iam avançados e os convites para a festa tinham sido enviados a todas as aldeias da região. Muitos convidados foram chegando e ajudando na preparação dos alimentos: caça, peixe, frutas, legumes e cauim em abundância. Entre eles encontrava-se Tarobá, valente guerreiro, de corpo esbelto, de rosto afável e de maneiras elegantes. Sobressaía tanto dos outros que chamou atenção de Naipi. Os olhares se cruzaram e nasceu entre eles uma paixão avassaladora que nem o Mal podia controlar.

Enquanto todos se atarefavam com os preparativos do casamento, eles secretamente se encontravam na margem do rio Iguaçu. Trocavam beijos e abraços. Faziam juras de amor eterno. E assim fizeram por três a quatro dias. Por fim, elaboraram juntos um plano de fuga para poderem viver o seu grande amor. Tarobá arranjaria uma canoa veloz e, na véspera da grande festa, quando todos estivessem dormindo, fugiriam discretamente.

Mas o Mal, com seu grande poder, acompanhava e escutava tudo sem ser notado. Descobriu a traição e preparou a vingança. Esperou que os dois encetassem a fuga pelo rio. E quando já estavam longe, felizes em sua canoa, porque tudo correra como haviam planejado, ouviram, subitamente, um grande sibilar no céu. Viram o Mal em forma de uma imensa serpente retorcendo-se no espaço e se lançando com toda força na água. O impacto foi tão grande que abriu uma enorme cratera no fundo do rio. As águas todas se precipitaram no buraco, carregando a frágil canoa. Formavam-se assim as cataratas do rio Iguaçu, fruto da fúria do Mal.

O Mal, para completar sua vingança, transformou a Tarobá numa palmeira no alto das quedas e a Naipi numa pedra no fundo das águas na mesma direção do amante. Assim, do alto, Tarobá contempla sua amada sem nada poder fazer, nem sequer tocá-la.

Entretanto, mais forte que o Mal é o amor. Este tem mil estratagemas para se perenizar. Por isso, quando sopra o minuano, o vento assobiante que vem do sul sacudindo a copa da palmeira, Tarobá aproveita para enviar a Naipi sussurros de amor. E quando irrompe a primavera, lança flores de seu cacho para saudar amorosamente a Naipi escondida nas profundezas das águas.

Naipi tem um véu de águas claras e frescas a lhe adornarem a fronte e a lhe amenizarem o calor de sua paixão por Tarobá.

Um detalhe escapou à fúria vingativa do Mal: o arco-íris, símbolo principal do Bem. De tempos em tempos, depois das grandes chuvas, forma-se, surpreendentemente, um arco-íris que une a palmeira com a pedra. É o momento do êxtase. Todas as energias se ativam e se interligam. Tarobá e Naipi se enlaçam e entrelaçam em amor e paixão.

Pessoas especiais, amigas da natureza, os filhos e as filhas do arco-íris, contam que se pode notar, então, uma aura de luz devolvendo, por um momento, a forma humana a Tarobá que virara palmeira e a Naipi que se transformara em pedra. Eles, por um curto instante que vale uma eternidade, se transformam em gente. Ouvem-se então sussurros e juras de amor sem fim.

E dizem que, ao desfazer-se lentamente o arco-íris, escutam-se lamúrias tristes como quem se despede com o coração partido, mas cheio de esperança, ansiando pelo próximo reencontro. É Tarobá que volta a ser palmeira e é Naipi que vira, de novo, pedra dentro da água. Mas há fogo dentro deles, o fogo eterno do amor.

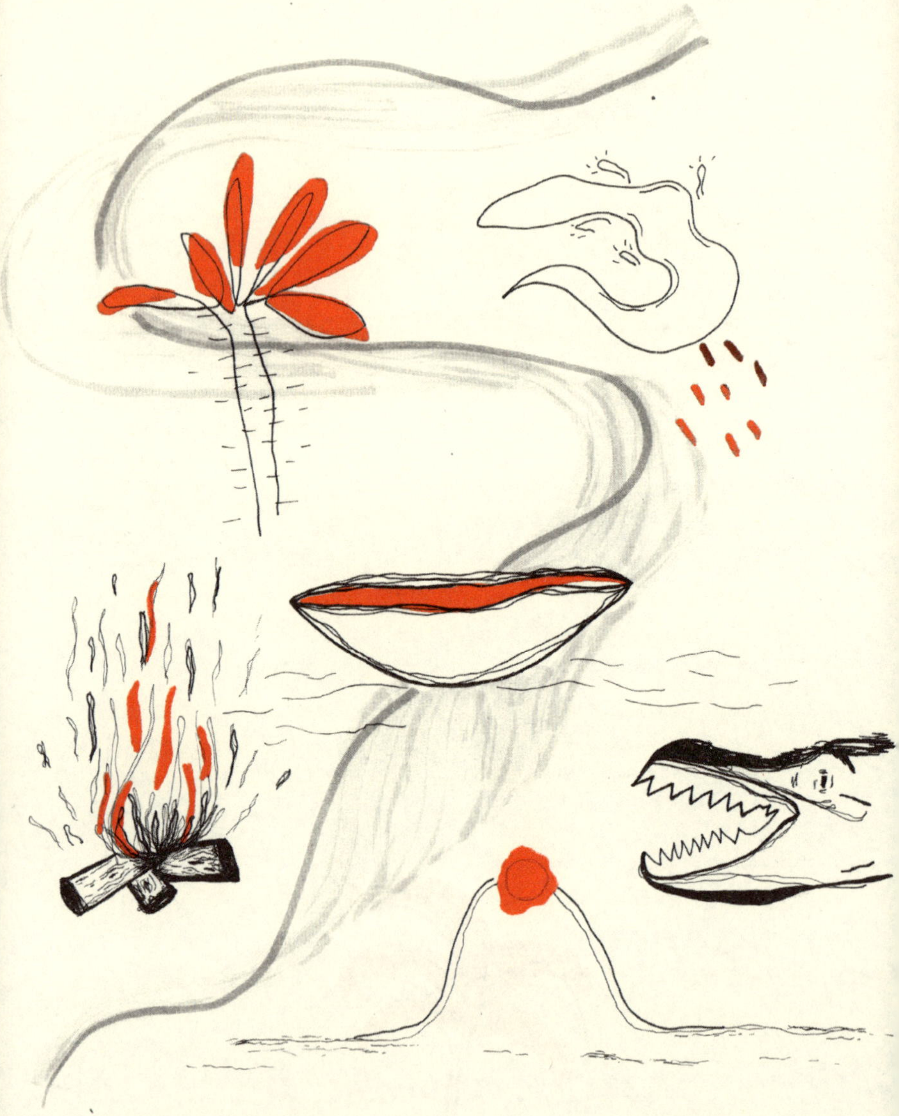

14
O ATORMENTADO CAMINHO PARA O CÉU

A religião tem muitas funções. Ela surgiu do sentimento de reconexão de tudo com tudo e com a Fonte originária de todo ser. Ela confere um sentido supremo e um sumo valor à vida e ao universo. Por causa disso, é a maior força de coesão social que conhecemos. Uma de suas funções principais consiste em oferecer um leque de valores e de normas aptas a ajudar o ser humano a conviver bem com outros e consigo mesmo e a ter veneração para com a natureza e o mistério do universo. O destino futuro, para além dessa vida, depende de como forem vividos tais valores e observadas tais normas. A religião é a senda mais larga para o céu.

Trilhar o caminho do bem exige renúncias e coragem para superar tentações que fascinam, mas desviam. Da mesma forma, chegar ao céu implica percorrer uma rota atormentada com todo tipo de provação. Não se chega de qualquer jeito a Deus, fonte de toda alegria, felicidade e amor. Só se chega para a grande festa celestial depois de passar pela clínica saneadora e purificadora de Deus.

Os Surui de Rondônia contam como é para eles o caminho para o céu. Eles o chamam "caminho dos mortos", que, na verdade, é caminho de vivos. Está cheio de provas. Quem as vencer, chega lá onde vive, feliz, Palop, que significa "Nosso Pai". E participará da suprema felicidade na casa dele.

Onde vive Palop? Vive muito para além do horizonte. Não come comida humana, mas misteriosas iguarias que um dia os bem-aventurados também vão poder provar. Lá do céu, ele cuida de todos os seres humanos, criando, em grandes cercados, todo tipo de veados, nambus, caititus, antas e pacas e outros animais. De tempos em tempos, envia-os à terra para alimentarem as pessoas. Mas cuida para que nenhuma espécie animal seja exterminada.

Quem chegar ao céu vira jovem. Mesmo as crianças, lá ficam grandes. Mas, para isso, é indispensável e inevitável passar por muitas provas. Nem todos passam. Aqueles que não passam ficam no caminho, onde vivem em malocas, parecidas com as terrestres, nas quais não é bom nem ruim; é como na terra, onde mal e bem vêm misturados. Mas não é aquela felicidade que Palop quer oferecer a todos.

Quem fica no caminho? Todos os moralmente fracassados, os que em vida cometeram incesto, namoraram parentes proibidos, roubaram, foram preguiçosos, mataram animais à toa, tiveram pouca coragem e na guerra fugiram acovardados. Todos esses ficam depois da morte nas malocas e não chegam ao céu.

Quem passa direto ao céu? São os pajés sábios que se fizeram amigos dos espíritos e que sabem curar todas as doenças. Eles passam por cima de todos os obstáculos, acompanhados de bons espíritos que os ajudam. E as crianças inocentes. Também as pessoas valentes que ajudaram a comunidade a se defender e se mostraram bondosas com todos. Estes devem percorrer o caminho obrigatório, mas passam, facilmente, pelos horrores.

Todos os demais devem percorrer várias estações e fazer uma atormentada travessia até chegar ao céu.

A primeira parada é a das palmeiras, cheias de espinhos gigantes. Quando a pessoa falecida passa, as palmeiras se fecham sobre ela, cravando nela seus espinhos como se fossem lanças. Mas isso se a pessoa tiver sido má. Se tiver sido boa e tiver força interior, as palmeiras se abrem e ela passa tranquilamente.

Logo adiante, o monstro ancestral, espécie de jacaré gigante com uma boca imensa, espera os falecidos. Engole os covardes e preguiçosos e fecha a boca aos valentes e operosos. Esses passam ilesos.

Mais à frente, aparece a Grande Tocha-de-Fogo, esperando quem morreu. Quando se trata de um falecido famoso por sua habilidade e amor aos parentes, a Tocha fica com a chama pequena e o deixa passar sem atingi-lo. Se for um fraco e covarde, seu fogo vira um fogaréu e queima os malvados.

Numa outra parada adiante, o falecido defronta-se com o Lagarto Grande, deitado no alto de uma árvore. De lá ele defeca sobre os que, por preguiça, tenham tido roças pequenas ou não souberam, nas festas, se enfeitar direito. O Lagarto Grande os deixa totalmente sujos e impedidos de ir adiante. Sobre os ricos de adornos e que trabalharam muito, defeca pouco e permite que sigam em frente.

Então, surge a primeira aldeia dos mortos, daqueles moralmente fracassados que por suas insuficiências não puderam seguir rumo ao céu. Seus habitantes ameaçam os mortos passantes, apontam armas e querem arrastá-los para dentro das malocas. Ai daqueles que lá encontrarem parentes e se comoverem por revê-los e, pior, aceitarem ficar lá com eles. A pessoa precisa ter grande força interior para superar essa tentação em vista do céu e da felicidade que estão mais adiante na casa de Palop, nosso Grande Pai. Em seu auxílio, vêm os ancestrais que já convivem no céu e animam os parentes a superarem as dificuldades e nunca se esquecerem do céu.

Passada essa dificuldade, enfrentam mais uma prova: passar pela Pedra-Grande-que-Balança. Essa pedra fica balançando no alto de um morro e depois começa a rolar. Se o falecido não conseguir desviar ou pular por cima dela, será esmagado. Se tiver sido valente e honrado, pulará facilmente para o lado e deixará a pedra rolar, morro abaixo.

No final da viagem, há a travessia do rio que bordeja o céu, a casa de Palop. Um grande barco vem apanhar o falecido para levá-lo finalmente diante de Nosso Pai. Aqui se anuncia a última grande tentação: aguentar-se dentro do barco. Este sacoleja, sobe e desce como um coquinho no mar. Se o falecido cometeu muitos erros, pode ser jogado fora, e aí tem que regressar. Mas, se tiver sido bom e servidor de toda a comunidade, permanece sereno no barco e faz uma travessia tranquila, por mais profundas e ameaçadoras que sejam as águas.

Finalmente, o falecido chega na casa de Palop. Tudo é festa, luz, dança e banquete com todo o tipo de manjares divinos e humanos. As paisagens são esplêndidas, as campinas floridas e os animais convivem como se fossem irmãos e irmãs. O sol é ameno e a lua, clara, reinando num céu de miríades de estrelas. E todos os salvos se reconhecem, conversam como velhos amigos e escutam mil histórias contadas por Palop. Com ele, o recém-chegado vive para sempre, junto com os ancestrais e os demais habitantes do céu.

Os velhos, nas rodas de fogo, à noite, lembram as estações deste caminho dos mortos. Palop quis um caminho assim, perigoso e atormentado, para que todos, desde meninos e meninas, aprendam a se comportar direito, fazerem só o bem, não cometerem incesto, não matarem animais e pássaros à toa e terem sempre coragem. Se seguirem os preceitos, o caminho dos mortos significa um caminho para a vida e para a felicidade junto de nosso Pai, o deus Palop, já aqui na terra e depois no céu.

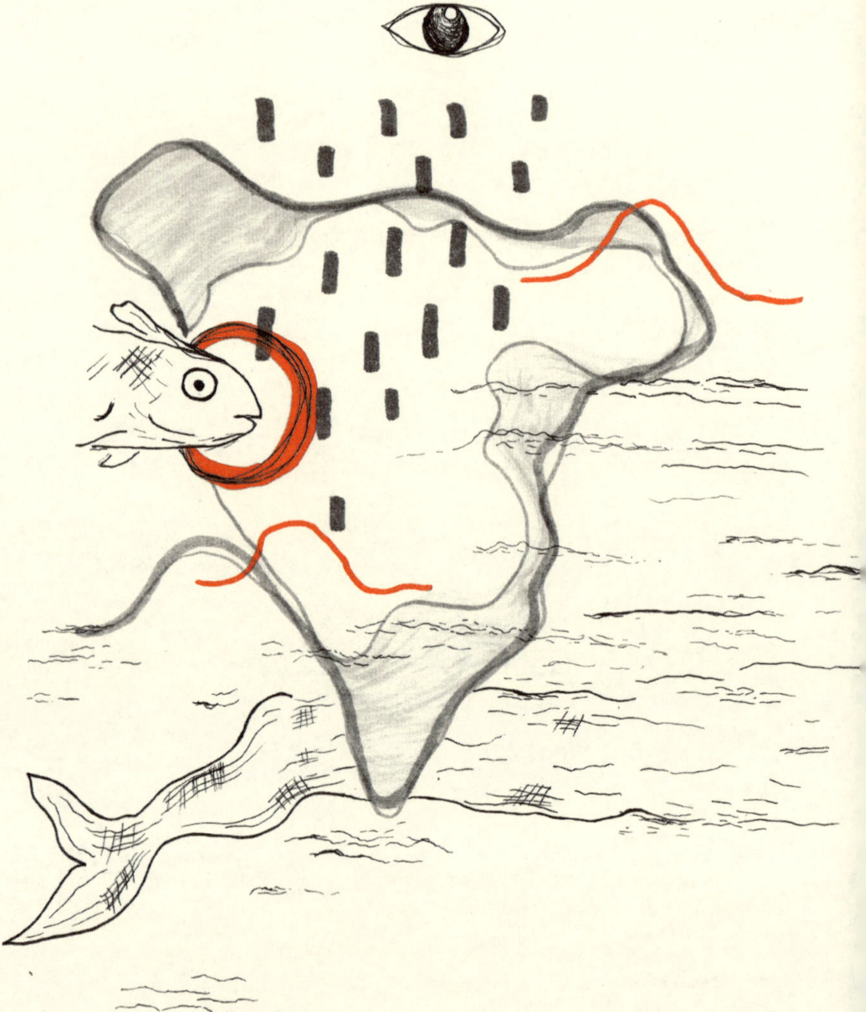

15

O FASCÍNIO IRRESISTÍVEL DA MULHER: YARA

Quantas Yaras com "y" ou com "i" não existem por aí que sequer sabem a história que se esconde sob seu nome? Em Tupi, Yara significa "a mãe das águas". Sua estória se prende ao fascínio próprio da mulher.

Quem já não sentiu o fascínio que significa a beleza e o mistério que se irradia quase irresistivelmente da mulher, tornando mágica a vida, interminável a espera e uma eternidade cada hora que passa? Quem não arriscou muito para conquistar um olhar da mulher amada, unir-se a ela e dedicar-lhe o tempo, o coração e a vida?

Até a morte diante do amor se torna doce.

A busca da mulher amada produz um sentido de vida e de realização tão profundo que para o amante não há obstáculo, por maior que seja, que lhe pareça insuperável. O amor tudo pode, tudo suporta, tudo empreende. O amor nunca se acaba. Mas ai do homem que não sabe se conduzir diante dessa força avassaladora que representa a atração da mulher desejada. Pode ser tragado definitivamente por ela. Assim ocorreu com os amantes de Yara que não souberam domesticar seu fogo interior.

Yara, linda mulher de pele cor de jambo, de traços finos e de figura soberba, vivia passeando pelas praias do Amazonas. Gostava de banhar-se em igarapés tranquilos e de águas claras. Os jovens a seguiam para conquistar-lhe a atenção e, com a atenção, o coração. Os velhos a olhavam com olhares lânguidos, sabendo de antemão da impossibilidade de qualquer favor.

Yara via e sentia tudo, mas se dava demasiada importância, negando-se a todos. Passava, altaneira, como se desfilasse, solitária, diante de uma multidão de admiradores. Fazia ouvidos moucos tanto aos elogios educados de alguns quanto aos assobios atrevidos de outros.

Certo dia, o sol já posto, estava a linda Yara divertindo-se distraída nas águas corredias do igarapé que mais apreciava. O tempo corria e ela se entregava ao prazer do corpo que emergia ainda mais fascinante do borbulhar das águas.

Foi quando de repente escutou vozes barulhentas que se aproximavam. Não eram de seus irmãos e irmãs da aldeia. Voltando-se, viu que eram homens brancos. Falavam uma língua estranha com sons de agressividade. Traziam botas pesadas e roupas rudes. Seus olhares eram de cobiça, e não de enternecimento. Pareciam animais famintos. As vozes em sua direção se faziam ameaçadoras.

Yara, feminina, tudo pressentiu. Tentou fugir. Seu corpo era escorregadio e ágil, mas mãos fortes a agarraram. Eram muitas. Todas a tocavam em todas as partes. A intimidade foi ameaçada. Com violência foi jogada ao chão. As areias antes macias naquele momento pareciam espinhos. Yara foi amordaçada e imobilizada. Por fim, violada por todos, um após o outro, em fila. Yara desmaiou. Parecendo morta foi jogada ao rio. Os homens animalizados se afastaram no escuro da mata. Fez-se noite.

O Espírito das Águas teve pena imensa de Yara. Acolheu seu corpo machucado. Inspirou-lhe vida e devolveu-lhe todo o esplendor de sua beleza. Mas, para que não pudesse nunca mais ser violada, transformou-a em sereia.

Metade de seu corpo, a parte de cima, é de mulher, fascinante, de olhos de mel e de cabelos longos e brilhantes. Os homens se sentirão atraídos por ela e se jogarão atrevidos e loucos às águas para agarrá-la, abraçá-la e beijá-la.

Mas a outra metade do corpo, a de baixo, escondida nas águas, tem a forma de peixe. Com isso, pode viver sempre nas águas como em sua casa. Conversa com os peixes grandes e pequenos que brincam ao seu redor, beliscando-lhes inocentemente a pele jambo.

Mas ai daqueles que lhe quiserem fazer mal, agarrá-la com violência e arrancar-lhe o afeto. Yara os toma, firme, pelas mãos e os leva, irrecusavelmente, para as águas profundas.

E nunca se ouviu dizer que alguém voltou de lá vivo.

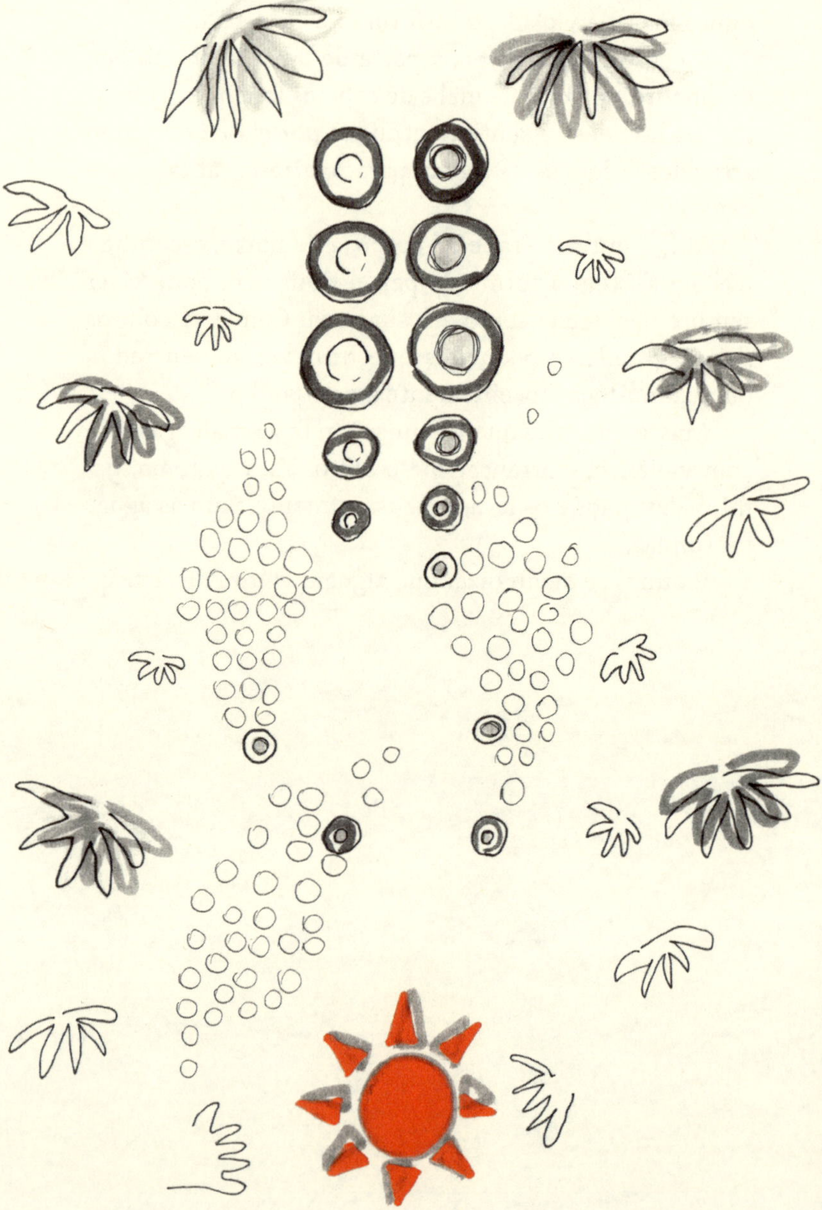

16

JURUPARI, O REDENTOR DAS GENTES

Em muitos povos da Terra existe a percepção de que a humanidade, assim como se encontra, não traduz a vontade do Criador. Ela deve ser reconciliada, mediante um redentor enviado pelos céus. Ele deve representar tanto Deus quanto os seres humanos. A melhor forma de expressar esta sua natureza divino-humana é através de seu nascimento virginal. Ele é um ser humano como outros, por isso nasce de uma mulher. Mas essa mulher concebe por uma força divina, sem interferência humana, por isso ele é divino. O redentor não descansará enquanto toda a humanidade não encontrar seu caminho de paz e reconciliação com Deus.

Os numerosos povos indígenas da bacia amazônica contam a história de Jurupari, o redentor das gentes. Seu nome significa "o gerado virgem da fruta". Assim os antigos contam a estória pelas barrancas dos rios amazônicos até os dias de hoje:

Ceuci era uma bela indígena, jovem e virgem, que se deleitava ao entrar na mata para colher e comer frutas.

Certo dia, encontrou uma com um único caroço, coberto por uma pele consistente, cheia de pelos, com muito suco dentro, de sabor adocicado. Seu nome é cucura, parecida com a embaúba, que dá na forma de cachos.

Ceuci, que até então não havia saboreado essa fruta, se pôs a comer com sofreguidão, dado o sabor gostoso dela. Mas, sem reparar, o sumo começou a escorrer por seus seios e pelo corpo abaixo.

Qual não foi a sua surpresa ao descobrir-se, semanas mais tarde, grávida sem ter tido nenhuma relação com qualquer homem. Nasceu Jurupari, o "gerado virgem da fruta". Ele nasceu assim para cumprir uma missão do deus Sol que é de reformar os costumes da humanidade. Esta deve andar conforme os preceitos antigos dos quais todos se haviam afastado. A principal tarefa de Jurupari é passar por todas as aldeias e procurar uma mulher perfeita para se casar com o deus Sol.

A primeira coisa que Jurupari fez foi restabelecer o equilíbrio perdido. Quando ele apareceu, em tempos muito antigos, as mulheres mandavam nos homens e estes tinham que obedecer em tudo a elas. Ele tirou parte do poder delas e o repassou aos homens. Cada parte deve ter poder para que tudo fique equilibrado e ninguém domine ninguém.

A melhor maneira de reforçar o poder de cada parte é organizar as festas de iniciação, próprias para as mulheres e próprias para os homens. Cada parte tem seu segredo que nunca pode ser revelado. Assim se garante que ninguém sequestra o poder do outro. Jurupari introduziu também máscaras, instrumentos musicais e outros apetrechos, adequados para cada rito de iniciação, que só os homens ou só as mulheres podem usá-los ou escutá-los.

Ao serem comunicados os segredos próprios de cada parte, os iniciados são submetidos a provas. Devem saber suportar dores, mostrar segurança e revelar destemor.

Serão submetidos a duros jejuns, sujados e açoitados, mas de nenhuma maneira deverão revelar os segredos. Estes são comunicados aos meninos e às meninas quando chegarem à puberdade, que é quando se realizam os ritos de iniciação.

Foi Jurupari que ensinou todas essas coisas. Seus preceitos e suas ordenações viraram usos para todos. São fielmente conservados pela tradição, escrupulosamente observados por todos e sempre relembrados pelos pajés.

Jurupari peregrinava de aldeia em aldeia, reunindo as pessoas e ensinando como deveriam viver em consonância com o Criador. Estabeleceu alguns mandamentos, vivos até os dias de hoje entre os membros daquelas comunidades:

Primeiro, a mulher deverá conservar-se virgem até a puberdade.

Segundo, nunca deverá prostituir-se e será sempre fiel ao seu marido.

Terceiro, depois do parto da mulher, o marido não deverá trabalhar nem comer, pelo espaço de uma lua, a fim de que toda a força acumulada passe à criança.

Quarto, o chefe, tuxaua, por causa do serviço que presta a todos, poderá ter tantas mulheres quantas puder sustentar.

Quinto, o homem deverá sustentar-se com o trabalho de suas mãos.

E assim, com esses e outros tantos preceitos, Jurupari educou a humanidade para andar pelos caminhos queridos pelo Criador.

Mas a tarefa principal de Jurupari não foi ainda cumprida: encontrar a mulher perfeita para o Sol casar e, assim, resgatar toda a humanidade e todo o universo. Ninguém sabe por onde ele anda. Mas ele continua sua peregrinação de aldeia em aldeia e em todos os povos, ajudando as pessoas a viverem segundo as tradições sagradas e tentando descobrir a mulher perfeita. Enquanto não a encontrar, não haverá o casamento bem-aventurado entre o Céu e a Terra.

Explicam os pajés que é por essa razão que até os dias de hoje as mulheres procuram se enfeitar com o vermelho do urucum, o azul-escuro do jenipapo e com tantos outros enfeites na esperança de serem a mulher perfeita, a esposa do Sol.

Quando ele a encontrar, Jurupari terá cumprido sua missão. Regressará ao céu, junto do Sol, que o enviou. Então, o Sol virá e tudo será resgatado, libertado e aperfeiçoado conforme a sua ideia original.

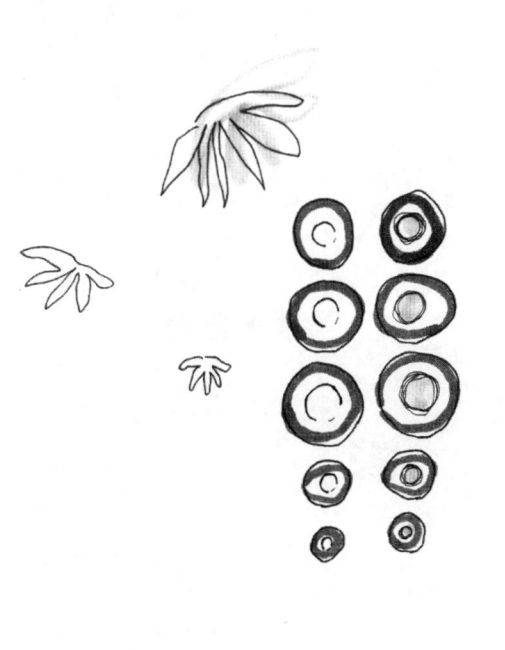

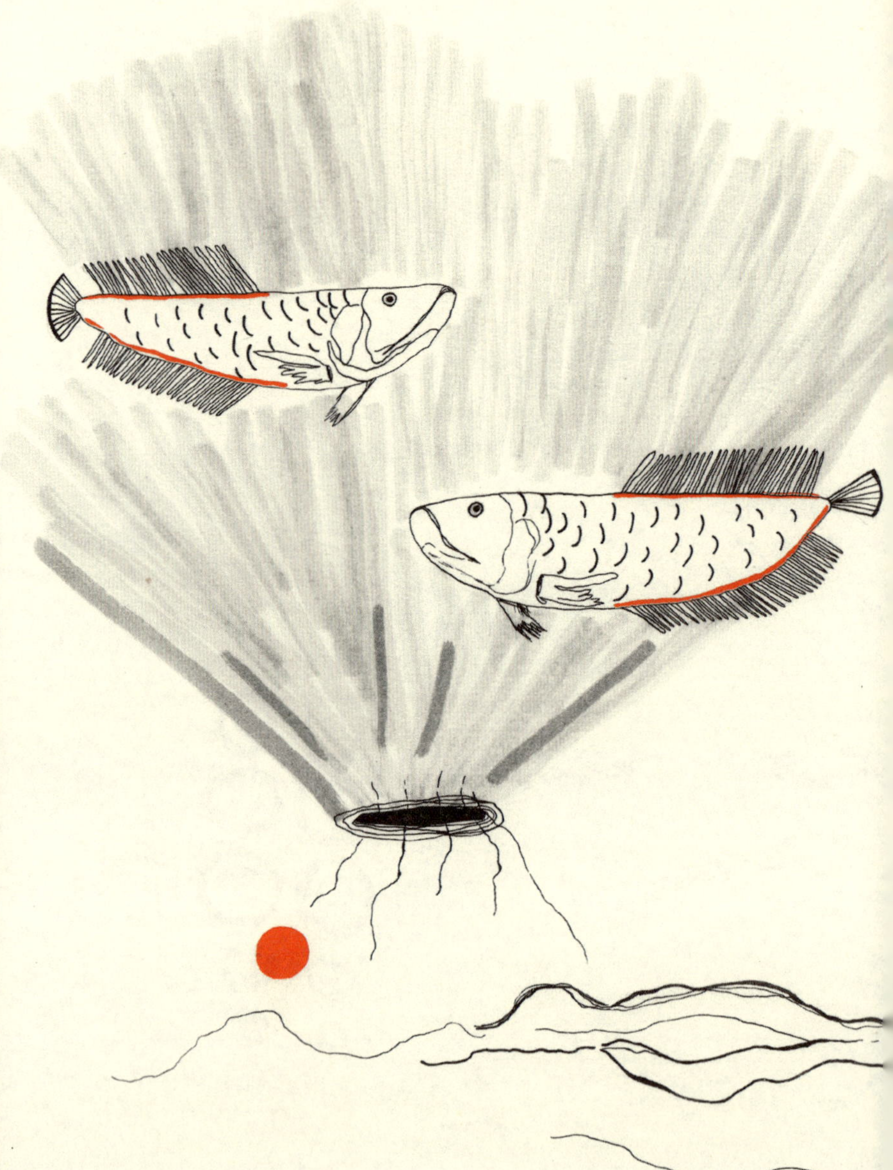

17
ACEITAR A MORTE PARA SER LIVRE

A liberdade é o dom mais precioso que o universo legou aos humanos. Pela liberdade, plasmamos nossa vida. Podemos ser o que queremos e sonhamos. Pela liberdade, interagimos com a natureza, amoldando-a aos nossos propósitos, embora nem sempre respeitemos seus ritmos e reverenciemos sua vitalidade, diversidade e beleza. Pela liberdade, sacrificamos as coisas mais caras. Sem liberdade, a própria felicidade deixa de ser felicidade e se transforma na angústia de uma prisão.

Os indígenas em suas comunidades são totalmente livres. Não precisam dar nenhuma satisfação de seus atos a ninguém. Quando desejam pescar, vão ao rio pescar. Se em plena noite alguém quiser cantar, canta e ninguém se incomoda com isso ou lhe pergunta a razão por cantar tão tarde. Eles não aceitam viver sem liberdade. A liberdade é a essência de seu viver.

Mais que todos, foram os Karajá, da Ilha do Bananal, que valorizaram e ainda valorizam a plena liberdade. Por causa dela, renunciaram ao bem, talvez o mais desejado do ser humano: a imortalidade. Sua estória dá conta dessa imensa ousadia e coragem.

No começo do mundo, quando foram criados pelo ser supremo Kananciué, os Karajá eram imortais. Viviam como peixes – aruanãs – e, desenvoltos, circulavam por todo tipo de rios e de águas. Não conheciam o sol e a lua, nem as plantas e os animais. Mas viviam felizes, pois gozavam de perene vitalidade.

Estavam, entretanto, sob uma tentação permanente: entrar ou não entrar no buraco luminoso que havia no fundo do rio. O Criador o proibira terminantemente sob pena de perderem a imortalidade. Passeavam ao redor do buraco, admiravam a luz que dele saía, ressaltando ainda mais as cores de suas escamas. Tentavam espiar, mas a luminosidade impedia qualquer visão. Apesar disso, obedeciam.

Certo dia, um Karajá afoito violou o tabu da interdição. Meteu-se pelo buraco luminoso adentro e foi dar nas praias alvíssimas do rio Araguaia. Viu uma paisagem deslumbrante. Encontrou um mundo totalmente diverso daquele seu. Havia um céu de um azul muito profundo com um sol irradiante, iluminando todas as coisas e aquecendo agradavelmente a atmosfera. Aves coloridas com seus gorjeios davam musicalidade ao ar. Animais dos mais diversos tamanhos e cores circulavam pacificamente um ao lado do outro pelas campinas. Borboletas ziguezagueavam por sobre flores perfumadas e florestas exuberantes eram entremeadas por plantas carregadas de frutos.

Deslumbrado, o Karajá ficou apreciando aquele paraíso terrestre até o entardecer. Quis retornar, mas foi tomado por um outro cenário fascinante. Por detrás da verde mata nascia uma lua de prata, clareando o perfil das montanhas ao longe. No céu, uma miríade de estrelas o deixou boquiaberto a ponto de se perguntar: "O que se esconde atrás daquelas casinhas todas iluminadas? Quem lhe acende as luzes para brilharem com tanta força?".

E assim, embevecido, passou toda a noite até que começou novamente a clarear e a desaparecer a lua. O sol, que parecia ter morrido na noite anterior, ressurgia, glorioso, no horizonte distante.

Lembrando-se de seus irmãos peixes, regressou com os olhos cheios de beleza, passando rápido pelo buraco luminoso. Ao encontrar seus irmãos e irmãs, disse:

— Meus parentes, passei pelo buraco luminoso e descobri um mundo que vocês sequer podem imaginar. Contemplei com alegria no coração o sol, a lua e as estrelas. Vislumbrei com os olhos esbugalhados campinas floridas e infindáveis borboletas. Apreciei animais de todos os tamanhos em florestas verdes e azuis. As praias são alvíssimas e de areias finas. Temos que falar com nosso Criador Kananciué para nos permitir morar naquele mundo.

Mesmo sem entender aqueles nomes todos, os parentes ficaram tão curiosos que já queriam imitar a coragem do irmão Karajá e coletivamente desobedecer, passando pelo buraco proibido. Mas os anciãos, sábios que eram, observaram:

— Irmãos e irmãs, temos que respeitar nosso Criador, pois nos quer bem e nos fez imortais como ele. Vamos conversar com ele e pedir-lhe as devidas permissões.

Todos, sem nenhuma exceção, concordaram. Foram falar com o seu Criador Kananciué. Expuseram as boas razões de seu pedido. O Criador depois de ouvi-los, com certa tristeza na voz por causa da desobediência do afoito Karajá, lhes respondeu:

— Entendo que vocês queiram passar pelo buraco luminoso que os levará a um mundo de beleza, de cores variegadas, de diversidade de plantas, de flores, de frutos e de animais. Contemplarão, sim, a majestade do céu estrelado, o esplendor do sol e a suavidade da lua. Divertir-se-ão nas águas claras do Araguaia e rolarão de alegria em suas praias alvíssimas. Mas eis que vos revelo o que vocês não sabem e não veem. Toda essa beleza é efêmera como a borboleta das águas, conhecida de vocês, que nasce hoje e desaparece amanhã. Os seres de lá não são imortais como vocês. Todos nascem, crescem, maduram, envelhecem e morrem. Todos são mortais. Todos caminham para a morte, irremediavelmente para a morte. Vocês querem isso para vocês? Cabe a vocês decidirem.

Houve um silêncio aterrador. Todos se entreolhavam. Todos se voltaram ao Karajá que descobrira o mundo encantado, embora mortal. E tomados como que de fascínio pela beleza daquele mundo, confirmada pelo Criador Kananciué em sua fala, responderam:

— Sim, Pai. Sim, queremos conhecer aquele mundo. Queremos morar naquele paraíso dos mortais.

O Criador ainda lhes falou pela última vez:

— Aceito a decisão de vocês porque aprecio acima de tudo a liberdade. Mas saibam que de hoje em diante serão mortais. Continuarão livres, não deixem jamais que lhes roubem a liberdade, mas deverão morrer como todos os seres daquele mundo radiante. Lembrem-se de que trocaram o dom supremo da imortalidade pelo dom precioso da liberdade. A história é de vocês.

E todos os Karajá passaram entusiasmados pelo buraco luminoso do fundo do rio. Chegaram ao mundo dos mortais, da beleza efêmera e das alegrias finitas.

Vivem ainda hoje naquele paraíso às margens do Araguaia. Tiveram a inaudita coragem de acolher a mortalidade para nascerem integralmente como seres de liberdade que continuam sendo até os dias de hoje.

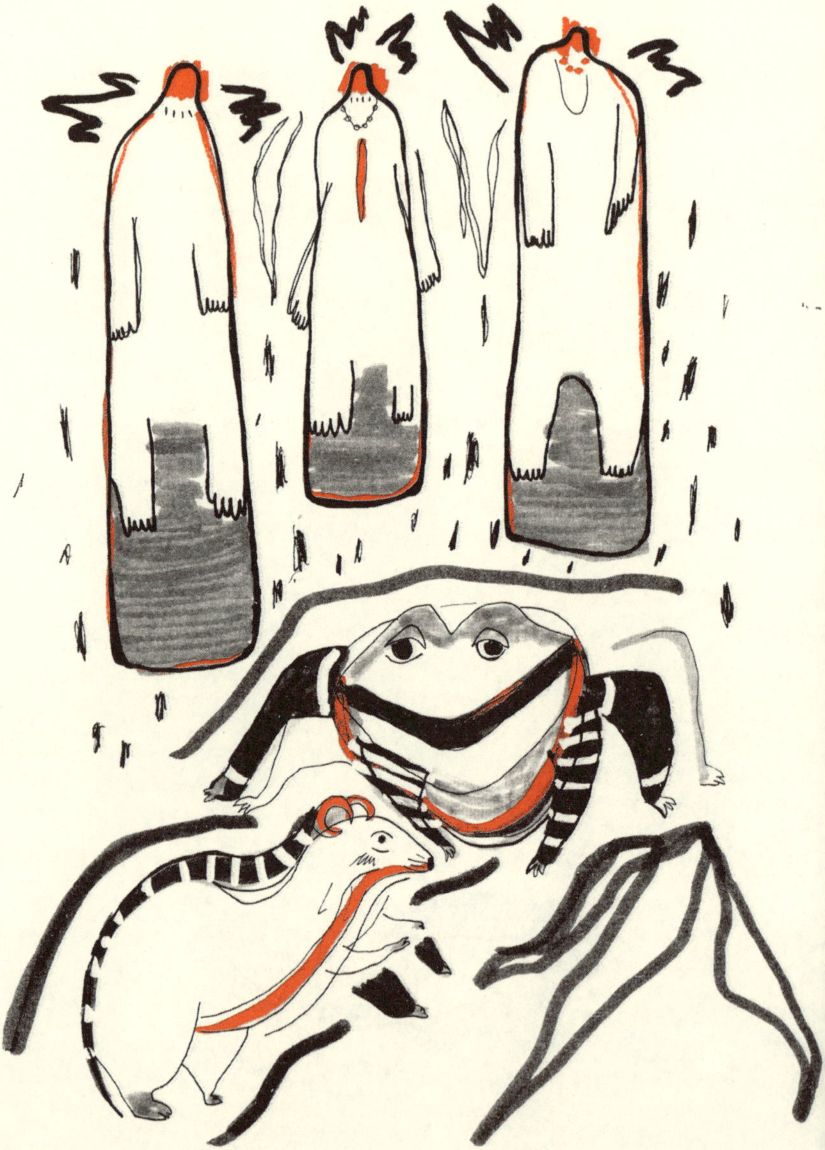

18
SOMOS FILHOS DA MADEIRA: O KUARUP

Um dos desejos mais ancestrais da humanidade é imortalizar a vida. Todos morremos, mas gostamos tanto de viver. Por isso, inventamos mil formas para prolongarmos essa vida ao máximo. E acolhemos de bom grado as promessas de imortalidade que os sábios de todas as culturas nos fazem. Os ritos mais antigos são aqueles feitos sobre sepulturas de falecidos. Colocam-se sobre elas flores e alimentos, todos símbolos de vida, pois se crê que a vida, de alguma forma, continuará para além da morte. A análise do pólen dessas flores revela que os humanos faziam tais cerimônias há mais de cem mil anos.

Os Kamayurá, do Xingu, nos contam uma bela estória do primeiro kuarup, a alegre festa dos mortos.

Mavutsinim é o personagem celestial que existia desde o início. Vivia só. Cansado da solidão, quis viver em comunhão. Criou os irmãos gêmeos o Sol e a Lua. Depois transformou uma concha em mulher, casou-se com ela e logo tiveram um filho, origem dos Kamayurá. Os demais foram feitos de paus de madeira. Cortou toras, esculpiu-as na forma de gente e lhes infundiu vida. Mas todos morriam. Então Mavutsinim inventou um jeito de trazê-los de volta à vida. Devia ser através de uma festa muito alegre, com muita música e comida farta.

Repetiu o que fizera quando criou os homens e as mulheres. Foi para o mato, cortou três toras de madeira-kuarup e as levou para o centro da aldeia. Deu-lhes forma de humanos, pintou-as e enfeitou-as com penachos, colares, fios de algodão e braçadeiras de penas coloridas, de araras.

Depois mandou fincar os três paus, fundo no chão, bem no centro da aldeia. E convidou o sapo-cururu e a cutia para cantarem ao pé dos kuarup. Pediu que todos da comunidade se pintassem com tintas coloridas e vivas porque esta era uma festa de alegria. A morte seria vencida. Ao som da música os mortos voltariam à vida.

Preparou muita comida gostosa, beijus e peixes assados para serem distribuídos entre todos. Os cantadores não poderiam parar, deveriam sacudir continuamente seus chocalhos e dançar ao redor dos kuarup, convocando-os à vida. Depois de muitas horas de festa, vendo que as madeiras continuavam fincadas lá, alguns ousaram perguntar:

— Pai Mavutsinim, será que os kuarup vão viver mesmo ou vão continuar como simples madeira?

Mavutsinim, com voz firme e confiante, garantiu:

— Os paus de kuarup vão virar gente, andar como gente e viver como gente.

Todos festejaram e dançaram durante a noite inteira até o dia seguinte. Como viram que os kuarup não haviam se transformado em gente, pararam de festejar. Decidiram chorar seus mortos, representados nos paus. Mavutsinim os proibiu dizendo:

— Que é isso, meus filhos e filhas? Os kuarup vão virar gente. É só esperar um pouco. A festa deve continuar com música, dança e comida. Mas a partir deste momento não quero que ninguém olhe para os paus kuarup.

Mavutsinim andava pelos grupos repetindo sempre a mesma coisa:

— É só esperar um pouco. Os kuarup vão virar gente. Mas não olhem, por favor, para os paus.

E animava a todos a continuarem com a alegria. E todos dançavam, pulavam, cantavam e comiam.

Lá pela meia-noite, depois de quase dois dias de festa, os kuarup começaram a se mexer. Rodavam nos buracos, forcejando por sair. A cotia e o sapo-cururu que haviam sido convidados para cantar já os convidavam para ir banhar-se com eles no rio, logo que vivessem e saíssem dos buracos. Quando começava clarear o dia, já se podia ver os kuarup ganhando forma de gente, com os braços, a cabeça e os peitos de fora. A outra metade continuava ainda de madeira, fincada no chão. Mavutsinim continuava gritando:

— Não olhem os kuarup, por favor. Continuem cantando, rindo e festejando. Um pouco mais e mais um pouco eles estarão vivos, festejando conosco. Vamos, continuem cantando...

Ao nascer do sol, os kuarup estavam quase todos de fora. Uma perna já tinha criado carne. A outra estava saindo do chão. Ao meio-dia, os paus kuarup começaram a virar gente de verdade. Mexiam-se nos buracos e estavam a ponto de saltar para fora. Então, Mavutsinim falou para todos da aldeia:

— Agora entrem na maloca e fechem as portas. Continuem rindo e cantando lá dentro. Daqui a pouco todos poderão ver os kuarup vivos no meio de nós. Todos poderão sair, menos aqueles que dormiram com mulheres.

E todos começaram a sair. Apenas um ficou lá dentro, pois havia tido relações sexuais com uma mulher. Quando todos já estavam indo para junto da comunidade, o último kuarup não aguentou de curiosidade e, desrespeitando Mavutsinim, também saiu para juntar-se ao grupo.

Que desgraça! Os kuarup que já estavam praticamente fora, no mesmo instante, pararam de se mexer e voltaram a ser novamente madeira sem vida.

Mavutsinim ficou furioso com o que desobedeceu. Os demais começaram a gritar, frustrados, xingando aquele que, em vez de cantar, dançar e festejar junto com os outros, resolveu ter relações sexuais com uma mulher, desobedecendo à ordem de ficar dentro da maloca. Mavutsinim, vendo o desânimo geral, levantou a mão, pediu silêncio e disse:

— Com esta festa, eu queria trazer todos os mortos de novo à vida. Se esse infeliz que teve relação sexual com uma mulher não tivesse saído da maloca, agora os kuarup teriam virado gente, os mortos teriam ressuscitado e todos estaríamos festejando juntos. E todas as vezes que repetíssemos esta festa dos kuarup, os mortos voltariam ao nosso convívio. Agora, porém, por causa da desobediência de um, vai ser diferente. Faremos todos os anos a festa para nossos mortos, festa alegre e musical. Mas os mortos continuarão mortos. Não vão mais reviver. A festa é apenas para lembrar.

Depois Mavutsinim mandou retirar os kuarup dos buracos e jogá-los no fundo do rio. Lá estão ainda hoje como paus mortos, quando poderiam ter sido pessoas vivas se não fosse o pecado de um só que trouxe desgraça a todos. Não porque ele amou uma mulher, mas porque ele desobedeceu.

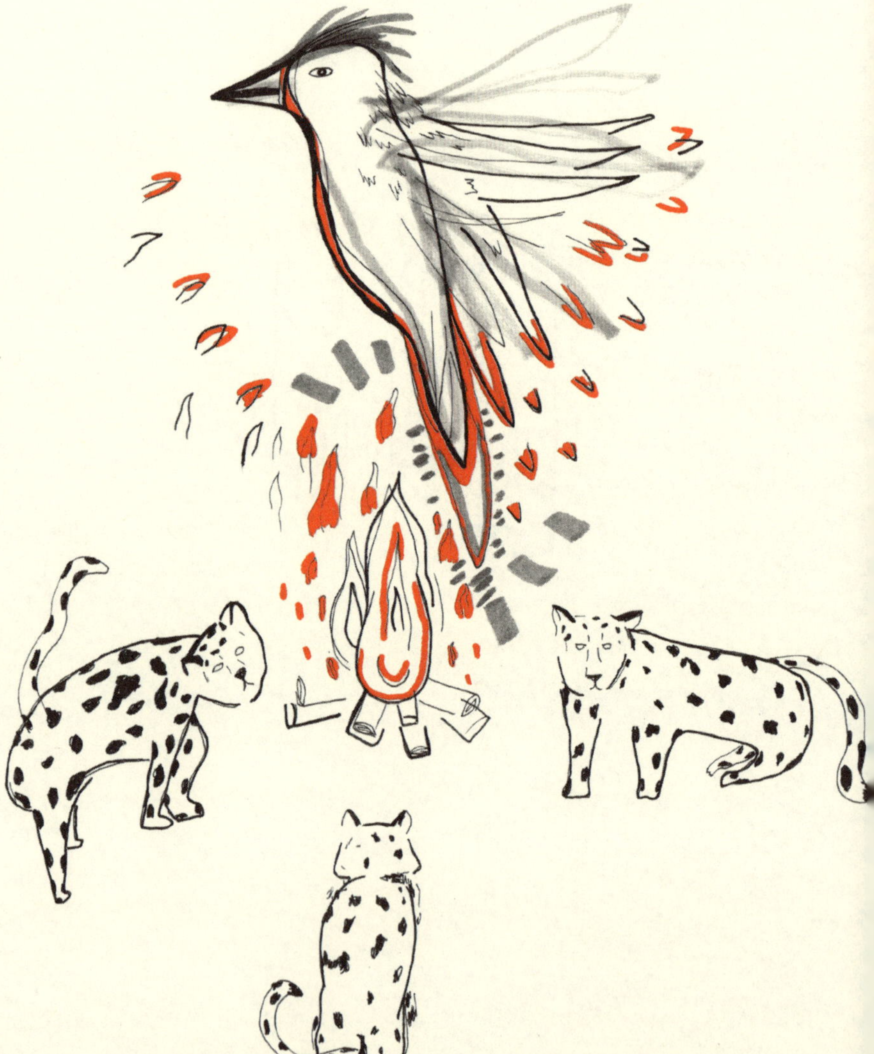

19
A CONQUISTA DO FOGO

Bem antigamente, só as onças detinham o segredo do fogo. Elas o guardavam dentro dos olhos que brilham à noite. Como viviam de caça, era importante terem fogo para cozinhar as carnes e assim se deliciarem melhor.

Os Suruí de Rondônia, aqueles que se autodenominam Paiter/Paiterei "os homens verdadeiros", contam a seguinte estória de como o fogo passou das onças ao resto da humanidade:

Certo dia o deus criador Palop falou para Orobab, pássaro de cauda muito comprida:

— Orobab, meu filho, você que tem uma cauda tão comprida, não poderia me fazer o favor de ir à casa das onças buscar fogo? Quero dá-lo a todos os meus filhos e filhas para que possam comer coisas cozidas e se esquentar nas noites frias.

Orobab concordou e disse:

— Vou agora mesmo, meu pai.

Então Palop, o criador de todas as coisas, besuntou o corpo de Orobab de uma substância amarga e grudenta como a cera da abelha-mirim, capaz de segurar as brasas de fogo acesas.

— Agora você está pronto, disse Palop. Pode erguer voo e ir encontrar as onças e me trazer o fogo.

Quando Orobab chegou ao lugar das onças, elas estavam sentadas ao redor de uma grande fogueira, feita com lenha de jatobá, se esquentando e conversando. Com receio de não ser bem recebido, chegou chorando e vertendo muitas lágrimas. Pousou e logo saudou as onças, com voz entrecortada de soluços. Estas, vendo o estado de Orobab, se compadeceram dele e o convidaram a sentar-se junto ao fogo.

Como Orobab havia assumido o compromisso de levar o fogo a Palop, foi encostando a cauda perto das brasas.

— Ó tio, cuidado para não queimar sua cauda! — gritaram várias onças.

Orobab afastou-se um pouco do fogo, mas logo que as onças retomaram a conversa animada e se distraíram um pouco, voltou a aproximar a longa cauda às brasas.

— Assim você vai queimar a sua cauda, tio. Tome cuidado! — gritou a onça mais velha.

Mas Orobab, que tinha em mente roubar o fogo, afastou um pouquinho só a cauda, que continuou queimando. E tentou distrair as onças entrando também na conversa delas. Num certo momento, muito esperto, disse Orobab, apontando a asa na direção da mata:

— Amigas onças, que é aquele bicho comprido e feio, lá no alto da árvore?

Quando elas, curiosas, olharam naquela direção, Orobab, ligeiro, aproveitou a ocasião. Com a cauda pegando fogo, levantou voo e desapareceu no meio das árvores.

Ao se darem conta de que foram ludibriadas, as onças fizeram a maior gritaria. Disseram:

— Desgraçado Orobab. Ele veio aqui só para isso, para nos roubar o fogo com sua esperteza.

Nisso Orobab já estava longe, fora das ameaças das onças, que nada mais podiam fazer. Arfando de cansaço e com a cauda cheia de brasas, pousou primeiro num galho de urucum, depois num galho de itoá, bem parecido com o urucum, e por fim num galho de pau-brasil.

Desde então o fogo pode ser produzido friccionando os galhos dessas três árvores. Isso porque Orobab pousou em brasa nelas, e assim guardam escondido dentro de si o fogo até os dias de hoje.

Em seguida, Orobab voou até onde estava Palop e disse:

— Aqui estou, meu Pai. Realizei o que você pediu. Estão aqui muitas brasas.

E descarregou da cauda todas as brasas que havia roubado das onças. E eram muitas, todas vivas e irradiantes.

— Muito bem, meu filho. Muito obrigado por esse serviço aos seus irmãos e irmãs. Vou dar esse fogo a todos, a uns para se esquentarem e a outros para cozinharem as suas comidas.

Foi assim que, graças à generosidade do deus Palop e à esperteza do pássaro Orobab, os humanos chegaram ao fogo que dura até os dias de hoje, esquentando suas casas nas noites longas de inverno e cozinhando seus alimentos, especialmente as carnes que ficam assim muito mais saborosas.

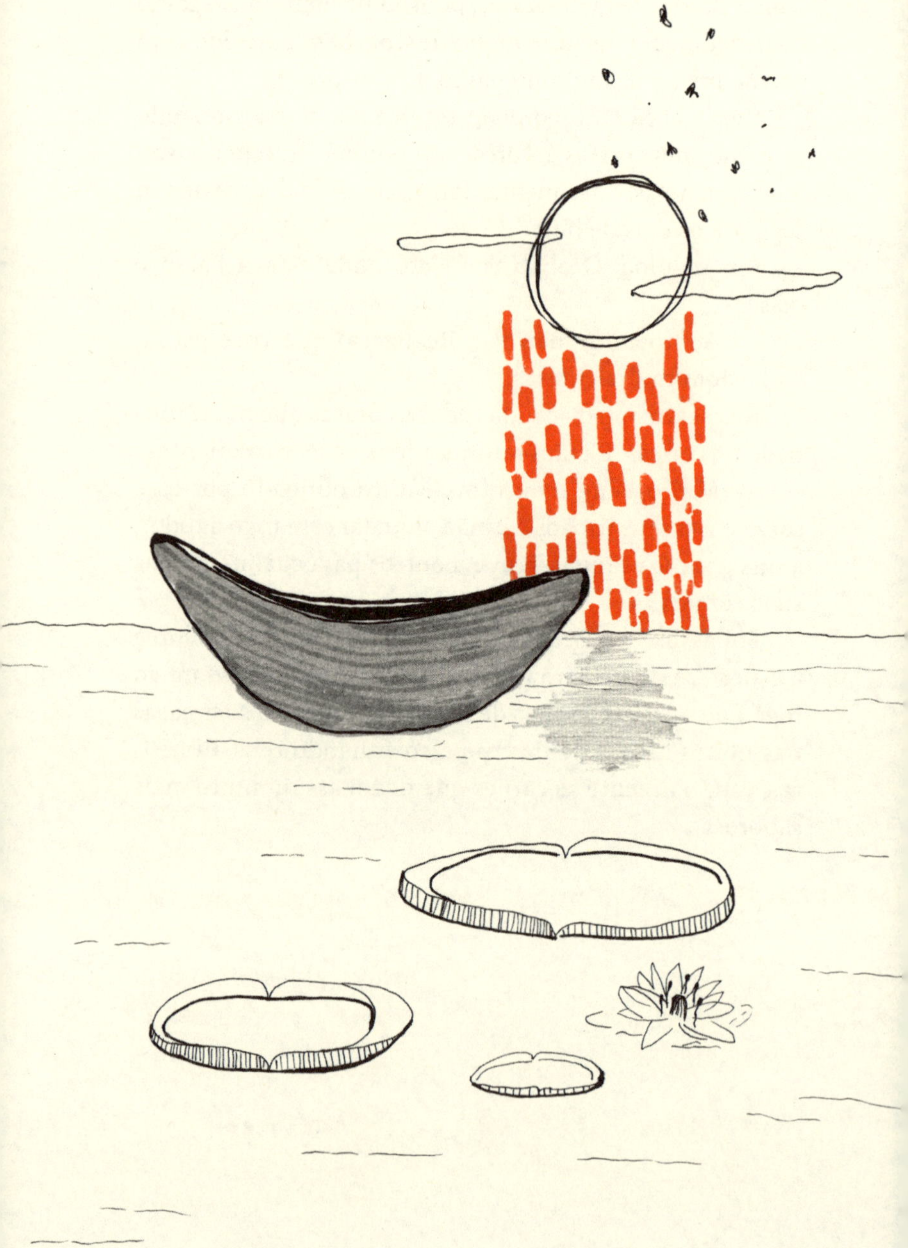

20
A VITÓRIA-RÉGIA: A BELA IAPUNA

A vitória-régia é um dos símbolos mais poderosos da luxuriante floresta amazônica. Ela se desenvolve por sobre as águas paradas de brejos, remansos de rios e de lagos tranquilos. Por isso, é chamada também de rainha-dos-lagos. Sua forma é circular, com bordas que se erguem por uns quinze centímetros, fazendo-a flutuar como um barquinho. Seu diâmetro é de mais ou menos dois metros. A haste que a segura presa ao fundo é especialmente forte. E as fibras que a atravessam em forma de rede podem suportar o peso de um jovem de quarenta e cinco quilos. A flor é efêmera e perfumada, com cerca trinta centímetros de diâmetro. Gosta da penumbra. Por isso, se abre à noitinha e se fecha na primeira hora da manhã.

Sabe como ela surgiu para alegrar os habitantes da floresta?

Eis sua história verdadeira na versão dos Tupi:

Havia entre os Tupi uma linda jovem chamada Iapuna. À noite, quando as estrelas começavam a piscar no firmamento, sorrateiramente, saía da maloca das mulheres e buscava um pequeno promontório a cinco minutos de distância. E entregava-se aos devaneios do céu estrelado. Conversava com as estrelas. Parecia que levitava como uma nuvem. Um brilho estelar se refletia em seu rosto jambo. E quando surgia a Lua por trás das árvores sonolentas ficava fascinada. Acompanhava a trajetória da rainha da noite até que seu fulgor apagasse o brilho das outras estrelas. Iapuna sentia a Lua como amiga e confidente. Enchia-se de enternecimento pelo seu rosto suave e irradiante.

— Como gostaria de acariciar esse rosto afável com minhas mãos! — dizia ela.

E suplicava aos espíritos benfazejos:

— Espíritos de nossos grandes anciãos, deem-me asas para voar até a Lua. Façam-me subir e subir para tocá-la carinhosamente.

E nunca acontecia nada.

Mês após mês, Iapuna ia ao montículo perto da maloca e se deixava enamorar pela Lua. Suplicava aos anciões mortos, espíritos familiares:

— Queridos avós, façam que vire uma estrela para poder chegar até a Lua e abraçá-la afetuosamente.

Por mais que prolongasse seus devaneios diante da Lua e redobrasse as súplicas aos espíritos da comunidade Tupi, nunca foi ouvida. Vez por outra enxugava uma lágrima furtiva de decepção.

Como toda mulher obstinada, se propôs a nunca desistir até alcançar seu intento. Certa noite, teve uma ideia, que logo colocou em prática. Tomou uma canoa leve e remou até o lago mais próximo. As águas paradas e cristalinas refletiam, como num espelho, a face dourada da Lua.

Aproximou-se o mais silenciosamente que pôde. Parou, enamorada, contemplando a Lua sem sequer piscar os olhos. As pequenas ondas faziam a Lua estremecer e sorrir de contentamento.

Iapuna, enternecida, estendeu os dois braços para abraçá-la como quem vai se entregar ao bem-amado ou carinhosamente segurar um recém-nascido.

Inclinou-se tanto que acabou caindo na água. Fascinada pelo abraço, esqueceu-se de nadar e manteve os braços na forma do abraço.

Lentamente foi sumindo, embevecida, na água, sempre mais fundo e mais fundo até deixar de respirar.

A Lua lá do alto encheu-se de pena de Iapuna. E chorou de tristeza. Uma leve nuvem ofuscou por um momento seu brilho sereníssimo, como se o céu quisesse participar também de sua comoção. Emocionada, voltou a chorar.

Mas a Lua, com o poder celeste que tem, transformou a linda menina Tupi numa flor magnífica que se abre à noite e se fecha de manhã. Assim ela pode acompanhar, enamorada, a Lua em seu percurso noturno.

A flor guardou a forma do abraço de Iapuna. E é tão forte que consegue suportar o peso que a menina tinha quando morreu de paixão, quarenta e cinco quilos. Sua membrana é ampla para acolher todo o esplendor da Lua. Assim elas se contemplam, enamoradas, pelos tempos sem fim.

Os Tupi que acompanharam o destino triste da triste menina chamaram essa flor de lagos e remansos tranquilos com o nome dela, Iapuna. E os brancos que ainda guardam amor à natureza a chamaram, orgulhosamente, de vitória-régia. E os cientistas, que pouco tomam a sério as estórias dos sábios indígenas, inventaram um nome artificial para ela e a denominaram de ninfeia. Mas ela, na verdade, se chama Iapuna.

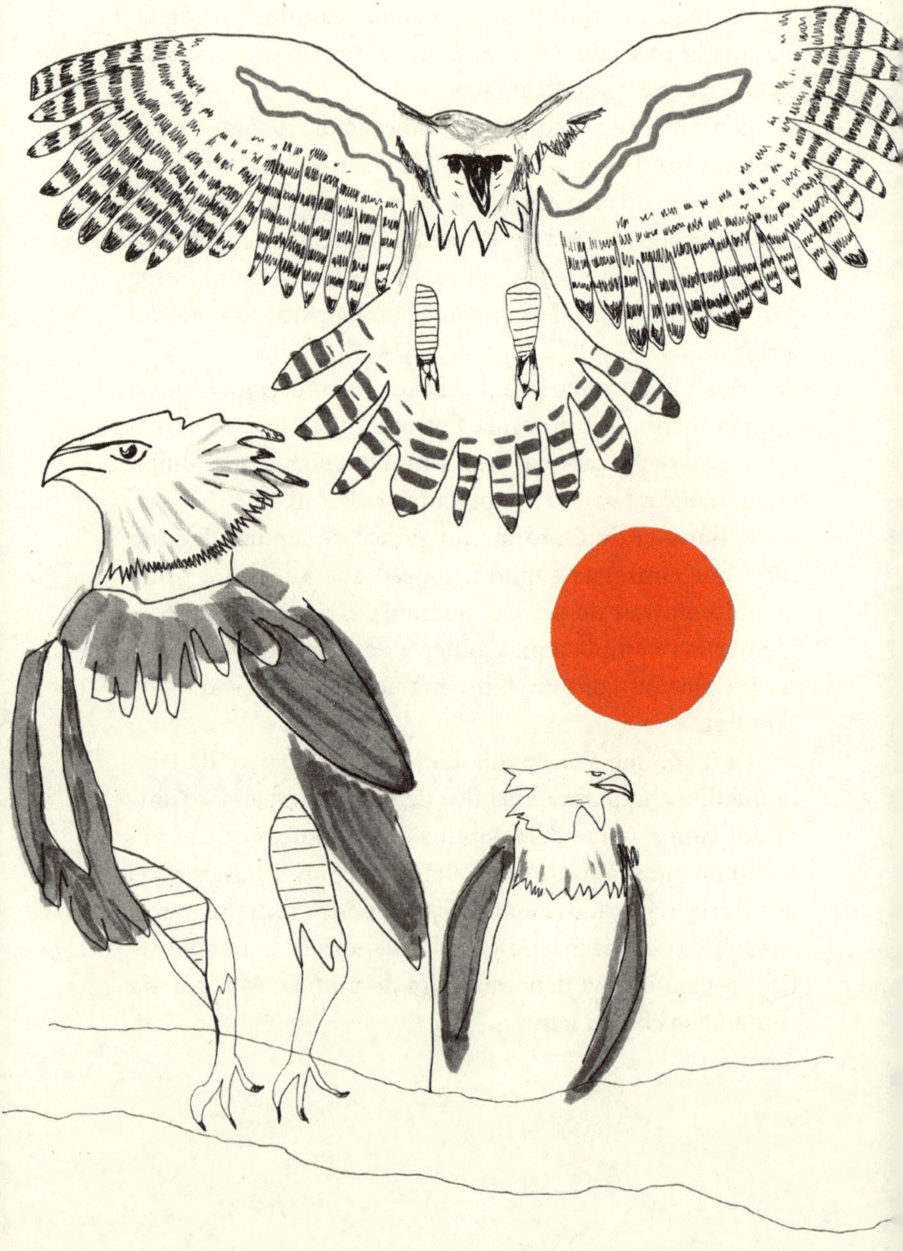

21
O MAIOR DOM DO ESPÍRITO: A LIBERDADE

O ser humano não recebeu da natureza nenhum órgão especializado. Por isso, tem que trabalhar para conseguir o que precisa. Inventa instrumentos que prolongam seus membros e o ajudam a intervir na natureza.

Os povos originários se especializaram em alguma coisa, uns em fazer vasos e cestos, outros em plantar arroz e cevada, outros em construir canoas e remos. Geralmente, não fazem outra coisa, senão o que aprenderam. Trocam seus produtos por aquilo de que necessitam e desejam.

Será que o ser humano não é chamado a fazer mais coisas e a ser livre para inventar e aproveitar com prudência tudo o que a natureza oferece?

Os Guaicuru refletiram muito sobre essas questões e ainda hoje contam a seguinte estória:

O Grande Espírito criou todas as coisas, as águas, as plantas, os peixes, os animais e as aves. Por último, colocou especial cuidado na criação dos seres humanos, homens e mulheres.

Antes que se dispersassem pelas várias terras, bom e providente que era, dotou-os de algumas habilidades para que pudessem sobreviver sem maiores dificuldades.

Assim uma aldeia recebeu a habilidade de cultivar a mandioca e o algodão. Com isso, estavam garantidas a comida e a roupa.

Uma outra recebeu a arte de fazer a canoa e o timbó. Com isso, garantiu a capacidade de locomoção nos rios e nos lagos e a pesca dos peixes.

Assim fez com todas as comunidades à medida que iam se distribuindo pelo mundo. Mas com os Guaicuru não aconteceu assim. Quando chegou a vez deles de saírem pela vasta terra, o Espírito não disse nada. Ficaram esperando muitas semanas e nada de comunicação dos céus. Resolveram partir assim mesmo.

Sentiram logo as dificuldades de sobrevivência. Julgavam-se prejudicados e esquecidos pelo Espírito criador. Por mais que o invocassem, ficavam sem qualquer habilidade que os ajudasse a sobreviver sossegados.

Resolveram então usar intermediários. Primeiro, pediram ao vento que sempre está soprando, ora violento, ora suave, por todas as partes. Disseram:

— Tio Vento, você que corre pelas campinas, desce das montanhas e move as nuvens, venha em nosso socorro...

Nem puderam formular o pedido, pois o Vento, passando ligeiro, levantou ondas no rio, revolveu árvores e fez turbilhão com as folhas e sequer ouviu a voz dos Guaicuru.

Em seguida, dirigiram-se então ao relâmpago que rasga o céu, amedronta todos os seres vivos e estremece a Terra:

— Tio Relâmpago, escute nosso pedido... Você que é o mais parecido com o Espírito criador, faça que ele nos atenda e nos dê uma habilidade para que não seja tão difícil sobreviver.

Mas o Relâmpago, como de costume, passou tão rapidamente que sequer ouviu o pedido dos pobres Guaicuru.

Decidiram então dirigir-se à árvore mais alta da floresta, pois esta, imaginavam, com sua calma e sabedoria, poderia atendê-los... Os Guaicuru lhe suplicaram:

— Tia Árvore, você que com sua copa chega quase ao céu onde estão as nuvens e que de noite conversa com as estrelas, diga, por favor, a elas que levem o nosso lamento ao Grande Espírito e que nos atenda em nossa necessidade.

Mas como era meio-dia, sob a canícula do sol incandescente, ela dormitava e apenas ouviu o sussurro dos Guaicuru. Nada pôde fazer.

E assim a comunidade usava todos os meios para chegar ao Grande Espírito, tentando falar com animais, com plantas, com montanhas ou com quem achassem capaz de ajudar. Cada um arranjava alguma desculpa: as aves diziam que suas asas eram muito frágeis e não permitiriam voar tão alto; as árvores, que tinham raízes fundas demais e não podiam mover-se; e o beija-flor, que sua voz era muito fraca para ser escutada pelo Espírito criador.

Os Guaicuru andavam desaminados, vagando por várias paragens, até por fim pararem debaixo do ninho do gavião-real, que escutara as lamentações deles e resolveu se intrometer:

— Vocês estão todos errados. Vocês não têm razão — disse o pássaro.

— Como assim? — gritaram juntos os Guaicuru. — Somos o único povo esquecido pelo Grande Espírito. Você recebeu o dom de caçar, sendo capaz de ver de longe um ratinho na boca da toca. Nós não recebemos nada de especial.

O gavião-real, sempre de visão ampla, porque vê o mundo do alto, respondeu com sabedoria:

— Vocês não entenderam a lição do Espírito criador. O presente que ele lhes deu está acima de tudo e tem mais valor que todos os demais juntos. Ele deu a vocês a liberdade. Vocês não estão presos a nada. Podem inventar o que quiserem e usar livremente de tudo o que se apresentar em seu caminho.

Os Guaicuru ficaram tão perplexos que pediram ao gavião-real mais explicações. Ele prazerosamente detalhou:

— Vocês podem caçar, pescar, cultivar, construir cabanas e malocas, fazer desenhos nos corpos e nos potes e tudo o que desejarem e acharem bom para vocês e para a natureza.

Os Guaicuru se encheram de alegria. Diziam:

— Que bobos que nós fomos — lamentaram. — Sofremos tanto à toa por nunca havermos pensado, juntos, o sentido de não termos recebido nada. Na verdade, nunca fomos esquecidos. Ao contrário, havíamos recebido muito mais que os outros.

O cacique Guaicuru, surpreso com tanta verdade, quis fazer um teste e perguntou ao gavião-real:

— Posso caçar o que eu quiser?

— Pode — respondeu o gavião-real.

Nisso o chefe Guaicuru esticou o arco com a flecha e o gavião-real, suspeitando que poderia ser flechado, tentou erguer voo. Mas a flecha já havia sido disparada, atingindo em cheio o corpo do gavião-real. Ai, ai, ai!!!

Todos choraram de pena. Recriminaram o cacique por não ter mostrado gratidão. Mas ele, entre a alegria de constatar a verdade e a tristeza de haver matado o benfeitor da aldeia, disse mostrando dor e arrependimento:

— Matei nosso tio irrefletidamente, mas agora afirmo: a partir de hoje, o gavião-real será o nosso símbolo. Colocaremos sua imagem em todas as nossas malocas e nas nossas flechas. E, quando fizermos festas, embelezaremos nossos corpos com figuras de gaviões-reais. Assim, ele continuará vivo em nossa comunidade e em nosso agradecimento.

Desde então, os Guaicuru apreciam mais que tudo a liberdade e guardam uma memória sagrada do gavião-real, que lhes ensinou o dom mais precioso recebido do Grande Espírito.

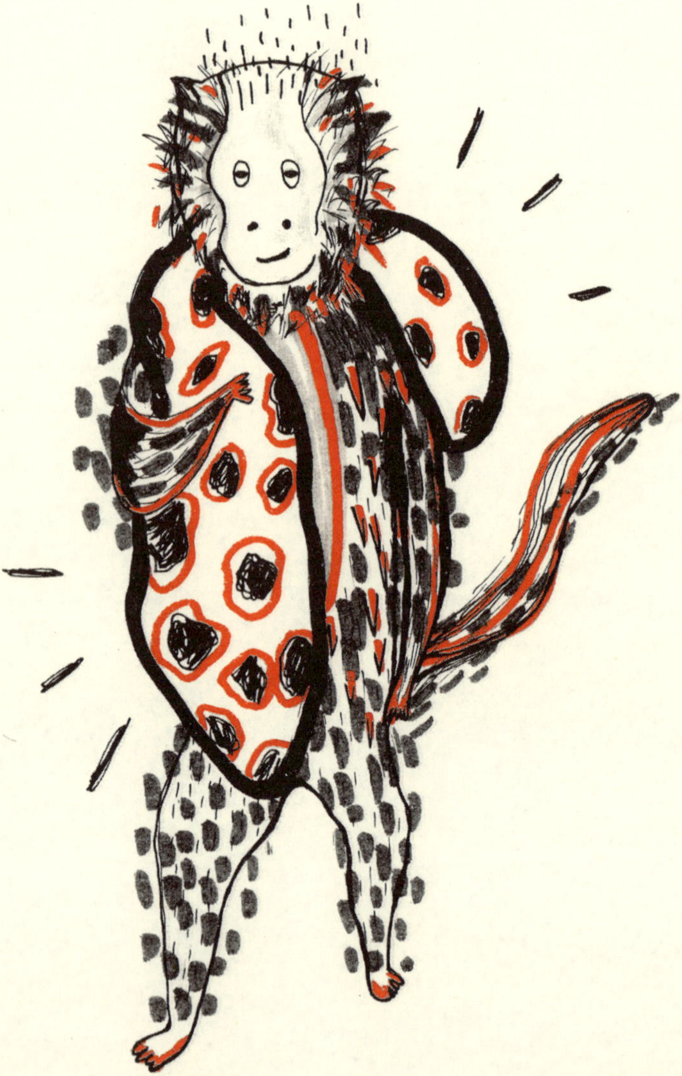

22

MAIS VALE A ESPERTEZA QUE A FORÇA BRUTA

Muitas estórias indígenas têm a mesma função que as bíblicas: são contadas, em primeiro lugar, para divertir e distrair as pessoas das preocupações naturais da vida. E só depois para transmitir alguma lição para os ouvintes presentes e futuros.

Assim, entre indígenas da área cultural do Xingu-Tocantins, se conta a seguinte e divertida estória:

Certo dia, a onça foi tomar água de manhã no rio. Entre um gole e outro, resmungou:

— Estou com vontade de almoçar macaco hoje. Conheço um que mora na perobeira velha. Lá pelo meio-dia vou pegá-lo para comer.

Mas não se deu conta de que um peixinho, o cará-vermelho, ouviu a fala da onça. Logo que ela saiu, o cará-vermelho correu para o sapo-boi, que dormia ainda depois da longa serenata que fizera à Lua no dia anterior, e disse-lhe:

— Meu tio, você conhece o macaco que vive na perobeira velha?

— Sim — respondeu, sonolento, o sapo-boi. — Ele é meu amigo, pois joga frutinhas no rio e eu gosto delas.

Continuou o cará-vermelho:

— Sabe o que acabei de ouvir da onça? Ela pretende almoçar o macaco da perobeira hoje mesmo. Você, que tanto nada na água quanto pula pelo chão, bem que poderia alertar o macaco.

O sapo-boi se esqueceu da preguiça e saiu saltitando pelo caminho. Encontrou o coelho, muito mais ágil que ele, e lhe disse:

— Bom amigo coelho, você conhece o macaco que mora na perobeira velha?

— Sim, conheço e somos até amigos.

— Então, vamos salvar o nosso amigo. O cará-vermelho ouviu da própria onça e contou para mim que ela está querendo comer macaco. E isso é para hoje mesmo, e a onça quer comer o macaco da velha perobeira. Você, coelho, que corre bem mais que eu, poderia avisar o macaco do perigo de ser comido ainda hoje.

O coelho não perdeu tempo e saiu aos pulos para avisar o macaco. No caminho, dependurado no cacho de coquinhos de uma palmeira, encontrou um serelepe, comendo esganadamente. Gritou-lhe o coelho:

— Vem cá, irmãozinho serelepe, o macaco da velha perobeira é seu amigo, não é?

— Lógico que é. Ele é da minha família.

— Então, escute o que lhe vou dizer: o cará-vermelho ouviu da onça e contou ao sapo-boi que contou para mim, coelho, que a onça está com vontade de comer macaco hoje e disse que vai pegar aquele da perobeira velha. Você, que é parente, pode ir avisar agora mesmo o macaco?

— Vou agora mesmo — respondeu o serelepe. — É dever de família.

E lá se foi o serelepe, pulando de galho em galho e de árvore em árvore até chegar ao alto da perobeira velha.

Ali, encontrou o macaco se penteando e se limpando para sair. Então, todo afobado, lhe disse:

— Meu tio macaco, tenho uma coisa importantíssima para lhe contar. É coisa de vida ou morte. Escute-me com atenção. O cará-vermelho ouviu da onça e contou ao sapo-boi que contou ao coelho que contou para mim, serelepe: a onça quer almoçar hoje mesmo macaco e resolveu pegar você daqui a pouco. Preste muita atenção, não desça ao chão, senão vira churrasco de onça. Onça quando tem um desejo, o realiza sempre. Cuidado máximo, portanto.

O macaco, que é muito esperto, nem ficou preocupado. Coçou a cabeça e disse:

— Logo hoje que havia programado sair. Não posso ficar em casa. Meu primo, o bugio, vai fazer um casamento de arromba e eu preciso estar lá.

E começou, junto com o serelepe, a dar tratos à bola para ver como sairia desta enroscada. Conversa vai e conversa vem, o macaco deu um grito:

— Já tenho a solução. Vou enganar, bonito, a onça. E, conforme for, sou bem capaz ainda de lhe tirar o couro, como presente de casamento para o primo bugio. Você, serelepe, faça o seguinte: corra lá para a beira do rio e recolha as pedrinhas mais brilhantes que encontrar, ametistas, quartzos, cetrinos e falsos rubis. Traga tudo para mim.

O serelepe saiu correndo e pouco tempo depois voltou com um montão delas. Aí o macaco lhe disse:

— Tenho um saco aqui. Vamos colocar as pedrinhas brilhantes no fundo do saco. Enquanto eu vou carregando o saco pelo mato, você vai à frente, gritando bem forte para todos ouvirem: "Encontrei um pedaço do sol no mato. Olha o pedaço de sol que tenho comigo no saco".

Mal haviam andado uns cem metros e eis que viram dependurado de uma árvore um ninho grande de marimbondos. Os marimbondos gostam de sol. Não sobrevivem sem a luz e o calor do sol. No que ouviram anunciar que havia por aí um pedaço do sol, saíram todos para ver. Em cada janelinha do ninho apontava a cabeça de um. Os mais afoitos logo se aproximaram para ver o pedaço de sol, escondido dentro do saco. Quando o macaco viu que havia muitos perto do saco, chamou o serelepe de lado e lhe sussurrou:

— Olha, meu parente, você sobe lá em cima onde está o ninho de marimbondos. A um sinal meu, você começa a pular e a pular no galho até que ele se desprenda e caia.

Dito e feito. O serelepe num zás-trás já estava a postos no galho do ninho de marimbondos, esperando o sinal do macaco, que, espertamente, disse aos marimbondos:

— Se vocês querem ver o pedaço de sol, devem descer até o fundo do saco. Pois aí se vê todo o esplendor do sol.

Os marimbondos, um pouco desconfiados, foram entrando. No começo, só alguns, mas depois todos que estavam ali. Era o que o macaco esperava. Daí o macaco segurou bem aberta a boca do saco e fez sinal para que o serelepe começasse a pular no galho do ninho dos marimbondos. Pulou tanto que o ninho se desprendeu e acabou caindo direitinho dentro do saco, onde já estavam muitos marimbondos. O macaco, mais do que ligeiro, fechou a boca do saco, dando um nó bem apertado, de modo que eles não pudessem mais sair. Aí ele falou ao serelepe:

— Bom trabalho você fez. Vamos agora completar a obra. Eu e você temos que arrancar todas as árvores deste pedaço, revolver o chão e deslocar as pedras. Devemos dar a impressão de que por aqui passou um tremendo vendaval, criando essa confusão toda.

E assim fizeram com toda pressa, pois pressentiam a chegada da onça. Efetivamente, logo depois, apareceu a onça. Ela começou a estudar a melhor forma de dar o bote no macaco, que estava sentado, todo triste, como se estivesse cansado, ao lado do saco dos marimbondos.

Mas a onça, vendo aquele rebuliço com as plantas e o chão e reparando o saco de marimbondos, que faziam o maior zumbido, reclamando do engano e querendo fugir, se aproximou, curiosa, do macaco. Onças são notoriamente muito curiosas. Como têm muita força física, sua autoconfiança é excessiva e arriscam tudo para saciar sua curiosidade.

Aproximou-se do macaco e inocentemente perguntou, segura de que ia almoçá-lo dentro de pouco:

— Amigo macaco, o que aconteceu aqui? Por que esse rebuliço todo de árvores e pedras no chão?

— Ih, amiga onça. Você não sabe o que me aconteceu. Nunca sofri tanto na minha vida. Você conhece o filho do Vento, daquele que se esconde atrás da montanha e que quando sai sacode toda a floresta?

— Lógico que conheço. Ele vive atrapalhando minha caça, pois quando passa, os animais se escondem nas tocas e nos ocos das árvores.

— Pois é, ontem passou por aqui o filho daquele Vento. Ele tem o mesmo temperamento do pai. Começou a soprar forte e a fazer danos na floresta, nossa casa comum. Então, eu o peguei e consegui colocá-lo no meu saco. Mas ele, danado, conseguiu escapar. Corri atrás dele e fui feliz, o agarrei de novo. Mas foi aquele sufoco, eu segurando o seu rabo com toda a força e ele correndo, desvairado, arrancando árvores, virando pedras e remexendo o chão. Por fim, consegui prendê-lo dentro do saco. Aqui está. Quer escutar o barulho raivoso dele no saco?

A onça se aproximou do saco e ficou escutando. Comentou:

— É verdade. Você, macaco, foi corajoso. Conseguiu prender o filho do Vento. Estou escutando o zumbido. É ele mesmo. Conheço bem a sua voz.

Na verdade, a onça estava escutando, sem saber, o zumbido dos marimbondos furiosos querendo se libertar e amaldiçoando o macaco.

Aí começou a funcionar a curiosidade da onça. Ela perguntou, suplicante, ao macaco:

— Você me deixa ver o filho do Vento? Preciso ver a cara dele. Mesmo que seja só um pouquinho.

— De jeito nenhum — retrucou o macaco. — Imagine. Ele já me escapuliu do saco a primeira vez. Tive o maior trabalho para prendê-lo de novo. Não posso correr esse risco.

Mas a onça insistiu com mais curiosidade ainda:

— Então, abre apenas um tiquinho para eu poder espiar.

— Nada disso. Veja o estrago que ele fez nas árvores e no terreno. Agora se escapar, ficará mais furioso e ninguém, nem eu nem você, poderá pegá-lo. Mas, já que você insiste tanto, posso fazer uma coisa para ter a certeza de que o filho do vento não escape. Você coloca, ligeiro, sua cabeça lá dentro. Eu amarro a boca do saco em seu pescoço e o filho do Vento não poderá fugir. E você pode ver o filho do Vento, tranquila. Quando tiver satisfeito a sua curiosidade, me faz um sinal com o rabo que eu desamarro o saco e você tira a cabeça.

A onça achou engenhosa a ideia, mas começou a desconfiar. Ia dizer não, mas, como sua curiosidade era maior do que a prudência, aceitou a sugestão do macaco. Enfiou a cabeça dentro do saco cheio de marimbondos. O macaco, mais do que depressa, amarrou a boca do saco no pescoço da onça. Fez muitos nós e bem firmes, daqueles que quanto mais se mexe mais se apertam.

Foi aquele deus nos acuda. Os marimbondos furiosos começaram a ferroar a cabeça da onça por todos os lados, especialmente na parte mais sensível, que é o focinho. Ao ser atingida no focinho, a onça geralmente morre. Começou a dar urros desesperados, que despertaram todos os animais da selva. Vieram correndo para saber o que estava acontecendo a anta, o tamanduá, o veado, o porco-cateto e o quati. Perguntaram assustados:

— Por que esse alvoroço todo? Por que esse saco na cabeça da onça?

O macaco deu suas explicações, que soaram convincentes:

— Estão dizendo por aí que o fim do mundo está próximo. E que se salvarão apenas aqueles animais que tiverem sido bons e que não ameaçaram demais os outros. Eu não acredito nisso. Mas a onça acredita e tem muita má consciência. Quer pagar por seus pecados antes que seja tarde demais. Pediu aos marimbondos que a fizessem sofrer um pouco para se purificar. E me pediu que eu e outros animais a ajudemos a pagar por seus muitos pecados, senão vai ficar fora do reino bem-aventurado dos espíritos. Foi bom que vocês vieram para ajudar a onça. Para mim, ela pediu que lhe desse três boas bordoadas. E eu aproveitei e lhe dei, com gosto, três bordoadas que a fizeram urrar de dor. Espero que vocês ajudem a onça.

Todos então se animaram. Especialmente, queriam colaborar os bichos que já haviam sofrido com as perseguições da onça. Acharam que chegara o momento de lhe darem o troco. Nisso veio a anta em toda disparada. Deu uma trombada imensa na onça que a jogou longe. Chegou a vez do tamanduá-bandeira, que disse:

— Deixem eu dar um abraço forte, daqueles que só eu sei dar. Vocês vão ver como purificar a onça no corpo e na alma.

O tamanduá-bandeira deu um abraço tão forte na onça que ela fez xixi e cocô. E o famoso urro da onça que faz tremer a floresta virou um miado de gato.

Depois foi a vez do veado-galheiro. Este aproveitou e chifrou a onça por todos os lados, abrindo um corte fundo na barriga, expondo as tripas.

— Pronto, era uma vez uma onça curiosa e burra — disse, satisfeito, o macaco. — Agora está morta e mortinha.

Neste momento, chegaram o quati e o porco-cateto, cada qual querendo dar sua contribuição. Mas o macaco atalhou dizendo:

— Chega. É covardia bater em bicho morto. Fica para outra vez.

— E agora que vamos fazer? — perguntaram os animais. — Será que não ajudamos a onça demais? Coitada, ela morreu de morte matada.

O macaco, todo tranquilão, disse:

— Eu, de minha parte, vou libertar os marimbondos que estão dentro do saco e que foram os primeiros a ajudar a onça a se purificar.

— Qual é, amigo macaco? — gritaram a uma só voz todos os bichos presentes. — Acabamos de nos livrar da onça e você nos quer entregar aos marimbondos?

E debandaram todos, cada um numa direção. O macaco calmamente desamarrou o saco da cabeça da onça morta e libertou os marimbondos. Estes estavam tão cansados das ferroadas dadas que foram direto para a sua árvore, sem incomodar o macaco.

Com cuidado, o macaco tirou, então, a pele da onça. Lavou-se, penteou-se e perfumou-se com umas ervas que conhecia. Com a pele da onça nas costas, chegou na casa do primo bugio. A festa estava para começar. Foi entrando como quem não quer nada e anunciou, displicentemente, a todos:

— Queridos irmãos e irmãs macacos e querido primo bugio. Eis o meu presente de casamento: a pele da onça que acabei de matar especialmente para esta festa. Desculpem se não tive a sorte de encontrar outra maior e mais bonita.

Depois, nas rodas da festa, contou toda a história da onça curiosa e burra, divertindo a todos com detalhes verdadeiros e outros inventados. Um velho e sábio macaco que tudo ouvia com certa seriedade arrematou dizendo:

— É isso aí, irmãos e irmãs macacos: mais vale a esperteza do que a força bruta. Isso não vale só para nós símios, mas também para nossos primos, os humanos, que têm sempre tanta dificuldade em aprender as lições da vida.

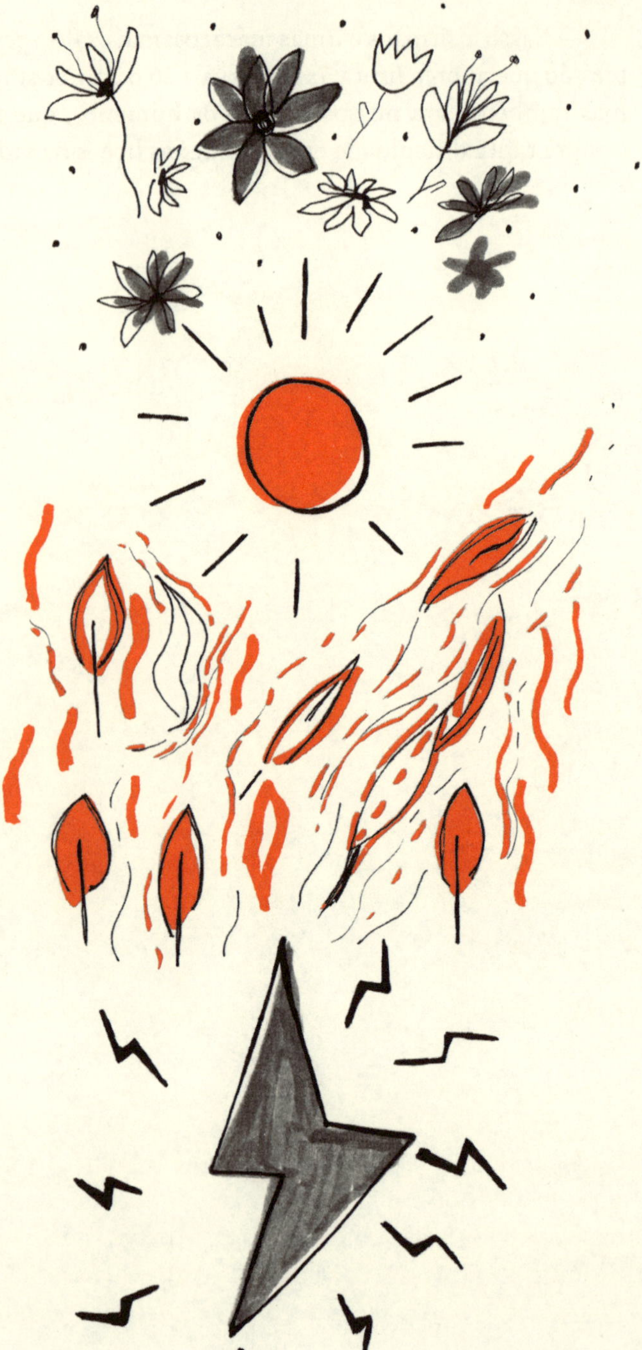

23
ÑAMANDU, O DEUS-TODO-ESCUTA

Cada povo representa a seu modo a divindade, conforme a visão de mundo que elaborou em sua história. Deus emerge, então, como aquela Fonte de onde tudo emana, como aquele sopro que tudo vivifica e como aquela pedra angular que tudo suporta. Deus confere um sentido último à vida e ao universo e significa uma esperança derradeira de continuidade e transfiguração da existência aqui na Terra. Cada povo dá um nome a Deus. Mas Deus mesmo é sem nome. Por isso, sob todos os nomes se encontra a mesma e única realidade. Os muitos nomes não multiplicam Deus, apenas revelam os infinitos traços de sua sagrada face.

Uma das mais belas representações de Deus nos é transmitida pelos Tupi-Guarani que viviam da costa brasileira de São Paulo ao Pará e que fundaram uma verdadeira civilização, como se viu nas Missões franciscano-jesuíticas do Brasil-Paraguai. Os Tupi-Guarani são os homens da palavra, seja poética, seja retórica, cantante e sagrada. Para eles, como para notáveis antropólogos contemporâneos, a singularidade humana reside no falar poético, com beleza, ternura e sabedoria. Bem dizia um de seus representantes:

— Já que não podemos nos erguer do solo, como fazem os pássaros, resta-nos aprender a elevar as nossas vozes, pois nosso verdadeiro Pai nos reveste da palavra bem-aventurada.

A palavra humana é eco da Palavra de Deus, é ressonância da Palavra Primeira, como os Tupi-Guarani costumam dizer. O nome de Deus é Ñamandu, que significa "o Todo Ouvir" ou "a Grande Escuta". Ele criou todas as palavras que ganharam forma e corpo nos seres existentes da criação. Por isso, cada um fala e canta a partir da palavra que guarda dentro.

Ñamandu escuta a todos, pois os criou para serem ecos de sua Palavra, para, ao escutá-los, ele mesmo se alegrar, razão pela qual é chamado o Todo Ouvir ou a Grande Escuta. Eles o chamam também de *Ru Eté*, que significa "Nosso Pai, o Primeiro e o Último".

Contam os antigos sábios Tupi-Guarani, nas noitadas em volta do fogo, que do seio das trevas originárias, antes ainda de haver qualquer coisa, irrompeu a Grande Escuta. Como reza uma canção sagrada:

"Nosso Pai Ñamandu, o Primeiro, brota de seu próprio brotar. Embora o sol não exista, ele se ilumina a si mesmo pelo resplendor de seu próprio coração, porque a sabedoria contida dentro de sua divindade lhe serve de sol e de luz".

Como ecos desse seu brotar para fora, surgiram o céu e a terra e todas as demais coisas que, aos borbotões, nasceram do casamento entre o céu e a terra: o sol e a lua, as árvores e as rochas, as fontes e os rios, os animais e os pássaros, o homem e a mulher. Cada ser, ao surgir, canta sua própria melodia e exala seu aroma singular. Em cada aldeia tupi-guarani, todos, das crianças aos velhos, sabem que o dizer de cada um é primordial e deve ser ouvido. A dignidade humana reside no poder falar e cantar com liberdade a sua melodia em sintonia com todas as demais, como aquela da arara e do sabiá-da-mata, do pirarucu e do pintado do rio, do sol e das estrelas do firmamento. Todos falam e cantam sinfonicamente para o agrado da Grande Escuta. Na grande Fala Sagrada, poema grandioso dos Tupi-Guarani, se diz:

"Cada criança é uma canção,
Cada criança é uma pequena senda,
Cada criança é um minúsculo caminho iluminado".

Aprender a escutar é a grande tarefa do ser humano; escutar e escutar sempre de novo é tudo o que o ser humano é capaz de, radicalmente, realizar. E ao escutar, aprende de todos porque todos falam e cantam. E se faz imagem e semelhança de Ñamandu, tornando-se também um ser de escuta.

O bom caçador escuta o animal que vai abater. Ele o respeita e interiormente lhe pede desculpas por sua morte, pois sabe que todos, como ele, querem viver. Mas se por qualquer motivo não o abater, seja porque errou o alvo, seja porque o urro de uma onça o afugentou, não se perturba. É sinal de que não havia chegado a sua hora. Mais ainda, agradece ao animal que deixou escapar, pois assim pode continuar vivo e cantar. O importante não é a trajetória da flecha, se atingiu ou não o bicho, mas a atitude de escuta do homem diante de cada animal que vai ou não abater.

Ñamandu se faz presente sempre e em todas as partes, densificando sua presença nas quatro estações do ano, pois cada estação tem sua voz e seu canto próprio e permite uma escuta diferente.

Na primavera, Ñamandu aparece sob a figura de Nosso Pai Jakaira. Ele brilha no viço da natureza e sorri na beleza das flores. Tudo são vozes, melodias e festa. Por todas as partes se ouvem ecos juvenis da Palavra.

No verão, Ñamandu aparece com o rosto de Nosso Pai Kuarahy. É representado pelo sol que nasce majestoso, acordando todos os seres com seu calor. Faz amadurecer as frutas e lhes concede os sabores mais diversos. Esquenta no zênite e obriga a todos a descansarem. Torna as noites amenas, fazendo com que todos saiam à rua para contar e ouvir estórias e cantar.

Conta-se que Kuarahy conheceu, em suas andanças, uma moça pela qual se apaixonou. Ela ficou grávida. Kuarahy tinha que cumprir sua missão e não podia se deter. Sua amada, entretanto, não quis acompanhá-lo. Seguiria somente depois quando o filhinho tivesse nascido e se mostrasse forte. No entanto, a saudade abateu-se sobre ela. Como encontrar o amado? Não conhecia o caminho, mas como era uma mulher da escuta, mesmo assim, pôs-se a caminhar. Escutava o coração do filhinho em seu seio e este lhe ia dizendo a direção, onde parar, onde tomar água, que rio atravessar e que atalhos trilhar. E assim, de escuta em escuta, chegou ao seu amado.

No outono, Ñamandu vem sob o rosto de Nosso Pai Karai. As árvores se vestem de cores amarelado-vermelhas e as folhas vão se despedindo de suas árvores. É tempo da colheita do milho e das festas das primícias. Canta-se a força cósmica de Karai, que faz madurar todos os frutos.

Finalmente, Ñamandu surge no inverno sob o rosto de Nosso Pai Tupã. Os dias ficam curtos e frios e os pores de sol são avermelhados de sangue. Os céus se fecham e caem as águas benfazejas. O trovão reboa pelos vales. É Tupã se fazendo presente e convidando a todos a buscarem seus abrigos, pois a terra precisa alimentar com seiva as plantas que descansam e dormem. O homem precisa curvar-se e escutar os "espíritos da terra". É tempo de pensar na fugacidade da vida, no lento esmaecer das energias vitais e de preparar o encontro com os anciãos que se escondem no outro lado das coisas.

Se cada tupi-guarani vivenciar Ñamandu, em cada estação do ano, sob nomes e rostos diferentes, e se sentir penetrado por ele, então se transformará num avaeté, ou seja, num "homem verdadeiro". Mas só conseguirá atingir essa meta suprema se aprender a escutar com o coração a melodia escondida em cada coisa, eco da grande melodia daquele que se chama o Todo-Ouvir.

Hoje, massacrados, destituídos e errantes, os Tupi-Guarani escondem sua riqueza espiritual sob uma capa delicada de silêncio. Continuam a cantar apesar de as vozes serem cada vez mais fracas. Mas, à força de escutar, sabem cantar também em silêncio. Por causa do canto e da escuta atenta de todas as vozes, vivem e sobrevivem e testemunham uma especial sabedoria de conviver amorosamente com todas as coisas. Escutam Ñamandu, o Todo-Escuta, em cada ruído, em cada eco e em cada ressonância da vida, da natureza e das pessoas.

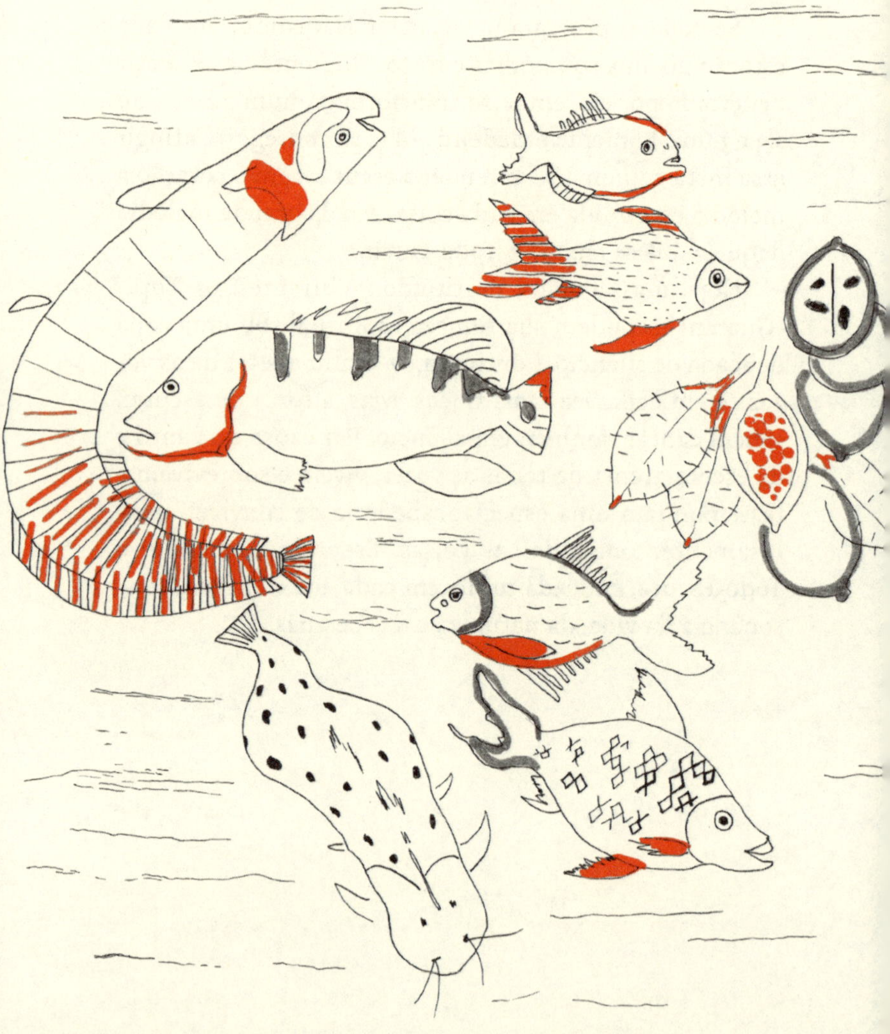

24

POR QUE CORES DIFERENTES NOS PEIXES?

Houve sempre nos seres humanos o desejo de conhecer por que as coisas são como são. Tudo tem sua causa, muitas vezes oculta à simples razão. A grandeza da criação é esconder suas razões e a grandeza do ser humano reside em descobri-las. Quando as descobre, conta estórias chamadas etiológicas, quer dizer, estórias que procuram dar nomes às origens escondidas das coisas. As estórias, por serem plásticas, dizem muito mais do que os conceitos da razão.

Os Kamayurá do Alto Xingu contaram uma dessas estórias ao responderem à pergunta "por que os peixes têm cores diferentes um dos outros?". Os antigos transmitiram aos jovens o seguinte:

Havia um Kamayurá, robusto e ágil, que estava se preparando para ser guerreiro. Um dia, seu irmão que ele muito amava morreu, estranhamente, devorado por animais que viviam na lagoa próxima. Desgostoso, decidiu mudar de aldeia e foi a uma outra, vizinha, onde havia uma lagoa muito grande. Pintou-se fortemente de urucum e de jenipapo, armou um jirau bem no meio dela e passava o dia, cheio de raiva, matando com flechadas certeiras todos os peixes que passassem por perto, pintados, tucunarés, bonitos, piranhas, jaraquis e outros.

Trouxe muito medo e grande insegurança a todos os peixes da lagoa. À medida que a ameaça crescia, o medo se transformou em raiva. E como a matança continuava, dia a dia, a raiva se converteu em revolta generalizada. Isso porque o perverso Kamayura não respeitava mais ninguém. Num belo dia, matou o filhote do peixe-cachorro, que, na época, era o chefe de todos os peixes dos rios e dos lagos.

O peixe-cachorro ficou furioso, reuniu todos os peixes e disse com voz ameaçadora:

— Precisamos dar cabo desse Kamayurá ensandecido, senão ele vai dar cabo de nós.

Todos os peixes concordaram e ali mesmo traçaram a estratégia. Deveriam derrubar o Kamayurá de seu jirau e pôr fim àquela matança. Decidiram, então, convidar os peixes saltadores para que eles, com sua conhecida habilidade em dar pulos altos, pudessem derrubar o assassino. Eles, com certo receio, mas solidários, aceitaram.

Vieram dois, o marido e a mulher. Colocaram-se bem diante do homem. O primeiro, o marido, saltou bem alto, mas antes que atingisse o jirau recebeu uma flecha bem no meio do corpo e caiu morto na água. Em seguida saltou a mulher, que antes que conseguisse chegar ao alto já foi atingida também com uma flecha pontiaguda e caiu morta na água.

Todos os peixes choraram de tristeza, fazendo aumentar ainda mais o medo. Resolveram, então, chamar outro casal de peixes saltadores, do lago vizinho. Vieram muitos. Ao chegar o chefe deles disse:

— Vocês todos, fiquem aqui ao longe, a salvo das flechas inimigas. Vou escalar dois que vão derrubar o homem mau.

Um casal se aproximou e se postou diante do Kamayurá. Saltou primeiro o marido. Deu um forte salto, mas antes de chegar à altura do jirau foi atingido por uma flecha assassina e caiu pesadamente na água. Logo em seguida saltou a mulher. Tomou impulso, mas foi logo flechada bem antes de ameaçar o Kamayurá.

Os saltadores vindos do lago vizinho se sentiram desmoralizados. Não puderam ajudar em nada a seus irmãos e irmãs ameaçados. Todos se encheram de mais fúria ainda e foram tomados por um medo imobilizador. Como sair desse impasse? Depois de muito discutir, viram que não tinham alternativa senão continuar tentando com outros peixes saltadores, desta vez, de outro lago mais distante, conhecidos como muito hábeis e inteligentes.

Foram a eles, explicaram a situação desesperadora e contaram como, antes, seus colegas saltadores foram mortos pelo caçador enfurecido.

Antes de decidirem se iriam aceitar ou recusar o convite, os convidados quiseram saber de todos os detalhes. O chefe deles perguntou:

— Os saltadores mortos se postaram na frente ou atrás do assassino? Saltaram um por vez ou em duplas ao mesmo tempo? A que altura foram flechados?

Ao ouvir os detalhes do acontecido, o chefe disse:

— Meus irmãos e irmãs, vocês foram afoitos e cometeram dois erros palmares. Por isso, os colegas de vocês foram mortos. O primeiro, foi o de terem-se colocado diante do nariz do Kamayurá. Assim ele podia ver vocês, mirar a flecha e disparar de forma certeira. O segundo erro foi o de pular um de cada vez, assim ele pôde concentrar-se somente num e eliminá-lo com facilidade. A estratégia correta é a seguinte: primeiro, colocar-se sempre atrás dele. Fazê-lo girar até ficar meio tonto. Depois, quando já está perturbado, saltar pelos lados, marido e mulher ao mesmo tempo, para atingir o caçador na altura das orelhas.

Dar-lhe uma pancada forte em cada lado. Assim ele cairá tonto e sem chance de sobreviver.

Dito e feito. Efetivamente, assim fizeram enquanto ao longe todos assistiam ansiosos. Ao chegar próximos ao jirau, os dois escalados, um homem e uma mulher, se postaram atrás do rapaz. Este girava rápido para tê-los sob controle, mas eles mais rápidos ainda se colocavam sempre atrás dele. Quando perceberam que ele estava já perturbado e mais vagaroso, a um sinal combinado, saltaram juntos, pelos lados, atingindo em cheio as orelhas do guerreiro perverso. A pancada foi tão forte que se ouviu ao longe. Ele caiu aos trambolhões e mergulhou desmaiado na água.

Todos os peixes exultaram e com as barbatanas levantadas aplaudiam e gritavam de alívio. Acorreram todos àquele corpo inerte, os pintados, tucunarés, pacus, piranhas, curimatás, piraras, jaraquis e outros. Começaram a comer com vontade o corpo do Kamayurá. À medida que comiam se manchavam com as cores de urucum e de jenipapo com as quais ele havia pintado seu corpo.

O tucunaré sujou de urucum o pescoço; o pacu, a cabeça e o lado; a piranha, a cabeça; a pirarara, a cauda; o jaraqui também a cabeça e a cauda. O pintado só encostou no jenipapo, e não no urucum. Todos comeram, mas o pirarucu foi o que mais comeu. Por isso, é o mais gordo de todos.

Foi assim que os peixes ganharam suas cores a partir do urucum e do jenipapo que estavam no corpo do grande inimigo vencido, o Kamayurá.

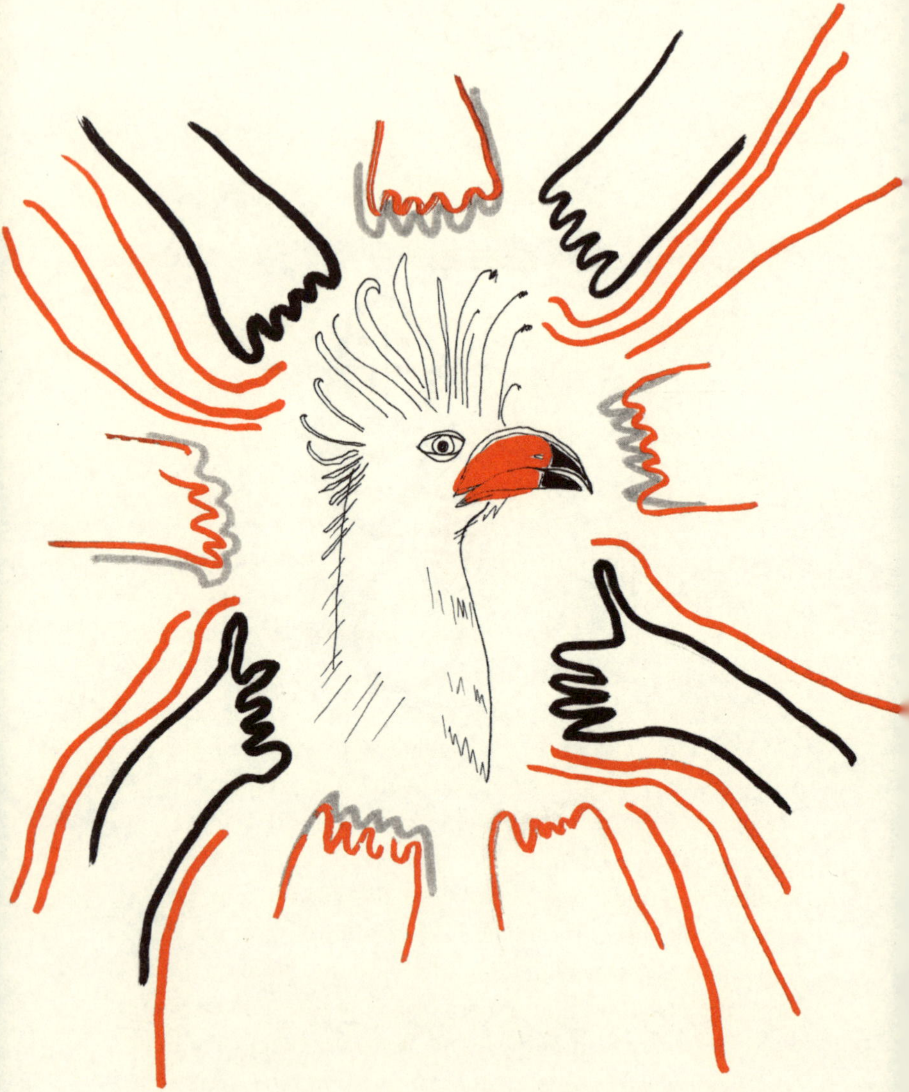

25
MAIS VALE A INTELIGÊNCIA QUE A BELEZA

As aparências muitas vezes enganam. Sob uma figura pouco atraente pode se esconder grande inteligência e muita bondade. Não raro, pessoas superficiais que apenas valorizam a exterioridade rejeitam os não belos sem saber o que estão perdendo.

Os indígenas do Alto Xingu contam a história de semelhante drama, do pássaro mutum, feio e desengonçado, mas que se tornou um elemento altamente civilizador.

Era o tempo em que um marido podia ter mais de uma mulher. Segundo esse costume, o pássaro mutum estava casado com duas mulheres. Mas nenhuma gostava dele. Diziam que era feio e desajeitado. Tinham vergonha até de apresentar-se como suas esposas. Não lhe cozinhavam beiju, nem lhe preparavam mingau, nem cuidavam dele. Por mais que a sogra insistisse para que cumprissem seus deveres de esposa, elas continuavam desprezando o marido mutum.

Ele, por sua parte, trabalhava muito. Sabia plantar todos os alimentos bons. Caçava com habilidade e sabia pescar os melhores peixes com a embira e com a flecha. Convidava as mulheres para saírem com ele, mas elas se recusavam e simplesmente o ignoravam.

Ele sofria calado sem nada comentar. Trabalho dobrado, enchendo a casa de mantimentos.

Certo dia disse sua mãe:

— Meu filho, você precisa dar um basta a estas duas mulheres. Elas não querem nada com você. É melhor você ir embora e encontrar uma mulher carinhosa e cuidadosa que o acompanhe em tudo. Somos amigos do colhereiro, aquela ave de bico grande, em forma de colher espatulada. Ele tem filhas casadouras. São muito bonitas e aplicadas ao trabalho.

O mutum ouviu sua mãe. No dia seguinte, sem dizer nada a ninguém, saiu de casa. Encetou uma viagem de dias até chegar à casa do colhereiro. Ao chegar, foi bem recebido. O colhereiro pegou-lhe o arco, a flecha e a rede que trazia consigo e o introduziu em sua casa, fazendo-o sentar-se num banquinho. E aí perguntou:

— Mutum, o que o leva a estas bandas?

O mutum respondeu que estava infeliz com suas mulheres e que queria fundar nova família com mulheres mais trabalhadeiras.

Imediatamente o colhereiro chamou as filhas e perguntou:

— Qual de vocês quer casar com o mutum?

As duas olharam o pássaro de cima a baixo e ambas quiseram se casar com ele, tanto a mais velha quanto a mais moça. O pai consentiu. Imediatamente, elas foram preparar comida para o mutum. Uma fez beiju e a outra, mingau. E serviram tudo a ele. À tarde, para selar o casamento, foram juntos tomar banho no rio. Ao voltarem, já eram consideradas esposas do mutum. Então o pai colhereiro falou para as filhas:

— Vocês têm que gostar do marido de vocês porque as primeiras mulheres do mutum o desprezavam. É preciso também que vocês cuidem dele e lhe deem um bom trato para que fique mais bonito. Assim vocês vão ficar sempre juntos e felizes.

No dia seguinte, elas começaram a melhorar a aparência do marido mutum. Pentearam o cabelo retorcido, endireitaram as pernas e os braços, limparam as penas e colocaram ervas perfumadas na rede.

O mutum ficou outro, mais alegre e disposto. Como era bom trabalhador, redobrou seu empenho no roçado. Junto com o sogro colhereiro, plantou muito milho, mandioca, cará, batata, amendoim, abóbora, ananás, bananas, caju, algodão e fumo. De volta do roçado, passava pelas malocas e dizia a todos:

— É preciso trabalhar muito para ter a vida melhor. É necessário levantar cedo e cultivar roças grandes. Então, haverá fartura para todos.

Depois se punha a ensinar a todos como cultivar melhor as várias plantas e raízes e frutas. E todos começaram a melhorar de vida. As crianças tinham mais saúde, cresciam robustas, e os velhos viviam mais.

Certo dia, disse o mutum ao sogro:

— Preciso visitar a minha aldeia, ver minha velha mãe e saber o que estão fazendo as minhas antigas esposas.

O sogro colhereiro disse que era importante ele ir ensinar as coisas boas à sua aldeia. Deveria levar consigo as mulheres, pois elas devem ser sempre companheiras e reforçar a luta do marido.

Pelo caminho, alguns amigos que conheciam o mutum feio e desengonçado ficaram admirados e lhe gritavam:

— Se vê que está em boas mãos. São as mulheres que lhe deram um bom trato. Por isso, anda assim tão bonito.

O mutum nem se importava com os elogios, mas elas ficavam orgulhosas. Pela tarde, chegaram à aldeia. Todos ficaram contentes com a visita do mutum. E admiravam sua transformação. As antigas mulheres, vendo as duas novas esposas do mutum, se encheram de ciúmes. Desarmaram suas redes e foram para outra maloca.

A mãe ficou extasiada com as duas mulheres do filho. Como estivesse no pilão socando milho, elas vieram e não a deixaram mais trabalhar. Fizeram todo o serviço. Pela tarde fizeram montes de beijus e paneladas de mingau. Foi uma festa.

Nos dias seguintes, o mutum reuniu a todos no pátio central da vila e explicou aos parentes como deveriam plantar para terem uma vida boa e abundância de alimentos. Mandou que as duas mulheres preparassem muita comida, beijus, mingaus, batatas assadas, amendoim cozido e muitas outras frutas para que fossem distribuídos entre todos.

Avisou ao pessoal que no dia seguinte iria embora, mas que não esquecesse os ensinamentos que havia transmitido. Só assim iriam melhorar de vida.

O mutum e suas duas mulheres voltaram à vila do sogro. Lá continuou a trabalhar diligentemente, ajudado pelas mulheres, que eram exímias cozinheiras. Sempre ensinava a todos. Cada raiz nova que descobria, o contava aos demais. Assim os parentes ficaram sabendo que um fogo se esconde dentro da cana-de-açúcar, quando ela queima bem, e se pode fazer um melaço doce e gostoso.

O mutum ficou até o fim da vida na vila do colhereiro. Teve com as duas mulheres muitos filhos e filhas. Até hoje os antigos lembram a estória do mutum. E tiram a lição que contam aos jovens:

— Não sejam precipitados, não julguem pela aparência. Vejam a outra beleza que o mutum tem. Atrás de seu corpo desengonçado, brilha uma alma de bem.

Mais vale a habilidade de tudo fazer e tudo ensinar do que a simples beleza física.

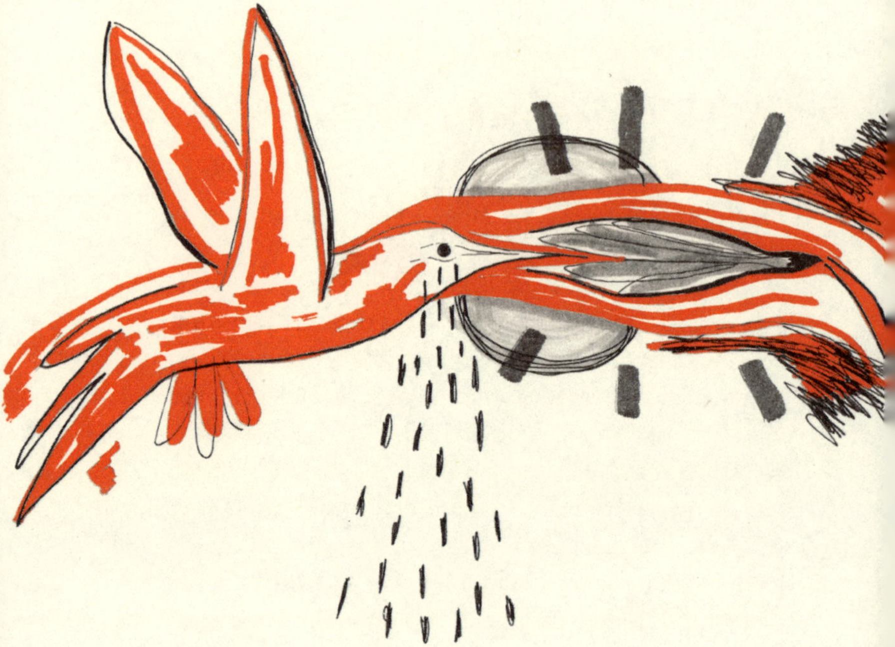

26

A MULHER QUE VIROU BEIJA-FLOR

Como as pessoas falecidas chegam ao céu? Há uma convicção entre os povos de que todos devem fazer uma viagem durante a qual são submetidos a provas. Cada um deve se purificar, tornar-se leve para poder mergulhar para dentro da suprema felicidade.

Em muitas comunidades da Amazônia, acredita-se que os mortos se transformam em borboletas. Conforme o tempo que necessitam de purificação, ganham a sua forma. As que se purificam logo, são alvíssimas, com poucas horas de vida e com cores brancas. As que precisam de mais tempo, são menores, leves e multicores. E as que precisam de muito tempo são maiores, pesadas e têm cores escuras. Todas elas voam de flor em flor, sugando néctar e fortalecendo-se para carregar o próprio peso ao se alçarem ao céu, onde viverão felizes com todos os antepassados.

Coaciaba, era uma jovem esbelta e de rara beleza. Ficara viúva muito cedo, pois seu marido, valente guerreiro, tombara sob uma flecha inimiga. Cuidava com extremo carinho da única filhinha, Guanambi. Para aliviar a saudade interminável do marido, passeava, quando podia, pelas margens do rio, vendo as borboletas, ou na campina, perto do roçado, onde também esvoaçavam os mais diferentes passarinhos e insetos.

De tanta tristeza, Coaciaba acabou morrendo. Não se morre só de doença ou por velhice. Morre-se também por saudade da pessoa amada.

Guanambi, a filha, ficou totalmente sozinha. Inconsolável, chorava muito, especialmente, nas horas em que sua mãe costumava levá-la para passear. Mesmo pequena, só queria visitar o túmulo da mãe. Não queria mais viver. Pedia a ela e aos espíritos que viessem buscá-la e a levassem onde estivesse a mãe.

De tanta tristeza, Guanambi foi definhando dia a dia até que morreu também. Os parentes ficaram muito penalizados com tanta desgraça sobre a mesma família.

Mas, curiosamente, seu espírito não virou borboleta como o dos demais indígenas da aldeia. Ficou aprisionado dentro de uma linda flor lilás, pertinho da sepultura da mãe. Assim podia ficar junto a ela, como havia pedido aos espíritos.

A mãe Coaciaba, cujo espírito fora, sim, transformado em borboleta, esvoaçava de flor em flor sugando néctar para se fortalecer e encetar sua viagem ao céu.

Certo dia, ao entardecer, ziguezagueando de flor em flor, pousou sobre uma linda flor lilás. Ao sugar o néctar, ouviu um chorinho triste. Seu coração estremeceu e quase desfaleceu de emoção. Reconheceu dentro dela a vozinha da filha querida Guanambi. Como poderia estar aprisionada dentro da flor? Refez-se da emoção e disse:

— Filha querida, mamãe está aqui com você. Fique tranquila que vou libertá-la para juntas voarmos ao céu.

Mas deu-se logo conta de que era uma levíssima borboleta e de que não teria forças para abrir as pétalas, romper a flor e libertar a filhinha querida. Recolheu-se, então, a um canto e, em lágrimas, suplicou ao espírito criador e a todos os ancestrais da comunidade:

— Por amor ao meu marido, valente guerreiro, morto em defesa dos irmãos e das irmãs, por compaixão de minha filha órfã, Guanambi, presa no coração da flor lilás, eu vos imploro, espírito benfazejo e a vós todos, anciãos de nossa comunidade, transformem-me num passarinho veloz e ágil, dotado de um bico pontiagudo para romper a flor lilás e libertar a minha querida filhinha.

Tanta foi a compaixão despertada por Coaciaba que o espírito criador e os anciãos atenderam, sem delongas, a sua súplica. Transformaram-na num belíssimo beija-flor, leve, ágil, que pousou imediatamente sobre a flor lilás. Sussurrou com voz carregada de enternecimento:

— Filhinha, sou eu, sua mãe. Não se assuste. Fui transformada num beija-flor para vir libertá-la.

Com o bico pontiagudo, foi tirando com cuidado pétala por pétala até abrir o coração da flor. Lá estava Guanambi sorridente, estendendo os bracinhos em direção da mãe. Purificadas, voaram alto, cada vez mais alto até chegarem juntas ao céu.

Desde então, foi introduzido entre indígenas amazônicos o seguinte costume: sempre que morre uma criança órfã, seu corpinho é coberto de flores lilás, como se estivesse dentro de uma grande flor, na certeza de que a mãe, na forma de um beija-flor, virá buscá-la para abraçadas voarem para o céu, onde ficarão eternamente juntas e serão felizes.

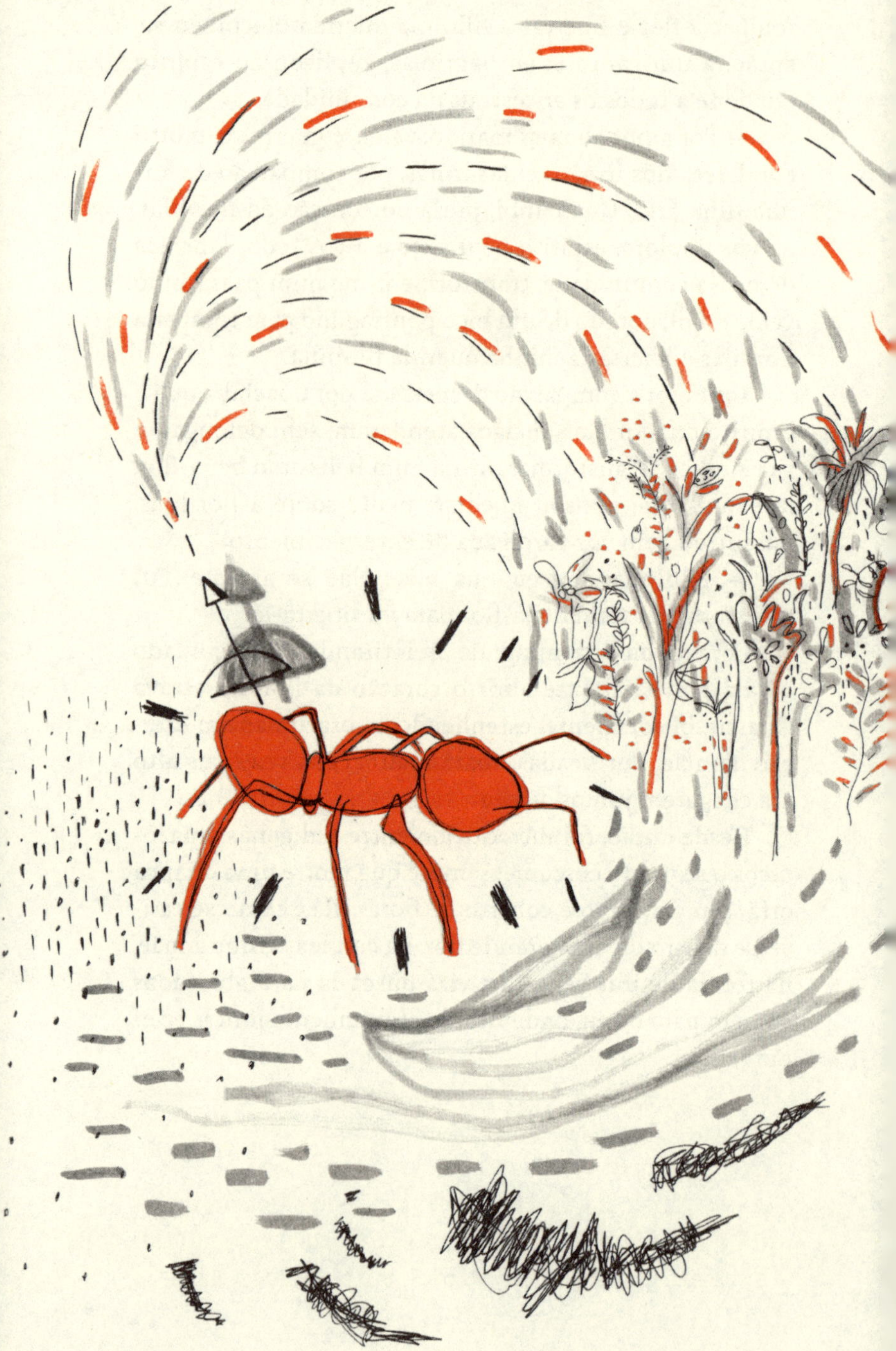

27
A TERRA DA COCANHA

Existe um dado comum nas culturas antigas e que se conserva nos tempos modernos sob as mais diferentes formas: a crença na Terra da Cocanha. Esta expressão, oriunda do italiano, quer sinalizar o sonho de uma abundância ilimitada de todos os recursos da vida. As plantas nascem sem precisar das sementes, as frutas já crescem maduras, os porquinhos assados circulam por aí com a faca e o garfo espetados em seu corpo, esperando alguém servir-se, o vinho corre pelas bicas como se fosse água e os pães crescem do chão como pedras. É a utopia humana de um mundo bem-aventurado e superabundante, mais dádiva de Deus do que fruto do esforço humano. Muitos o chamam de El Dorado, Terra sem Males, Utopia, Paraíso Terrenal e outras denominações. Esse sonho impede o acomodamento às condições presentes e ajuda a manter o olhar voltado para o futuro, de onde nos pode vir a felicidade.

Esse "mito" da Terra da Cocanha é relatado também pelos Ofaié-Xavante, que vivem em Mato Grosso do Sul à margem direita do rio Paraná entre os rios Verde e

Taquarussu. Contactados pela primeira vez em 1903 pelo General Rondon, contam os antigos:

Certo dia uma Ofaié-Xavante entrou cedo pelo mato à procura de mantimentos para a família, pois devido à seca havia grande escassez nas roças e pouca caça na floresta. Caminhou horas a fio. A certa altura encontrou uma saúva-macho, tipo de formiga de cabeça grande, por isso chamada também formiga-cabeçuda. Vendo a jovem vagando por ali, perguntou a formiga:

— Olá, moça. Que está fazendo por aqui, tão fundo na mata?

E ela respondeu:

— Estou procurando comida para a casa.

— Então, vem comigo — disse a saúva-cabeçuda.

E a formiga-cabeçuda tomou a Ofaié-Xavante pela mão e a levou para dentro do formigueiro. Os formigueiros das saúvas-cabeçudas são enormes, verdadeiras casas subterrâneas com infindáveis ramificações. À medida que iam entrando, os olhos da Ofaié-Xavante se esbugalhavam e mais e mais ficava boquiaberta. Por onde olhava, era beleza pura. A saúva-macho mostrava-lhe a abundância de todas as coisas, sementes, frutos e tudo o que é bom para se comer. Os pés de milho eram baixinhos e sem folhas, mas carregados de espigas graúdas e suculentas, os abacaxis já vinham descascados e as castanhas, cozidas.

— Aqui do lado esquerdo — dizia a saúva-macho — está a minha roça. Veja quanta abundância de todo tipo de mantimento. Do lado de lá, é a roça do meu pai. Em nada perde da minha.

E a moça ia de lugar em lugar, maravilhando-se com tanta fartura. Chegou a perder a hora de voltar para casa.

O pai, vendo a tarde chegar, saiu à procura da filha. Procurou até tarde e nada de encontrá-la. Nem a luz clara da lua o ajudou em sua busca. No dia seguinte, saiu cedo pelas trilhas da mata, escutando cada ruído na esperança de ouvir a voz da filha. E assim fez durante vários dias.

Por fim, desconsolado, desistiu. Deu a filha por perdida, quem sabe, comida por alguma onça ou matilha de caititus.

Tempos depois, apareceu a filha, toda fagueira, lá em casa. O irmão – ela tinha um irmão –, ao vê-la, correu logo para o pai e gritou:

— Ó meu pai, vem ver a minha irmã chegando. Ela está com a cabeça toda raspada.

É que a saúva-macho havia raspado a cabeça dela.

O pai disse ao filho:

— Deixa de bobagem, meu filho. Sua irmã desapareceu há muito tempo. Quem sabe para onde, talvez tenha sido comida por algum bicho do mato.

O irmão tornou a chamá-lo, mas em seu lugar veio a mãe, que logo reconheceu a filha. Chamou o pai e todos foram ao encontro dela.

— Ó minha filha, por que você fez isso conosco? — disse o pai. — Não sabia que eu e sua mãe procurávamos por você, desesperados, em toda a mata? O que aconteceu? Por que tem a cabeça raspada? Você nunca fez isso aqui em casa...

Aí a filha contou tudo o que aconteceu. Como havia conhecido um lugar maravilhoso, cheio de mantimentos, fartura mesmo. Era só estender a mão e pegar, tudo era fácil e não faltava absolutamente nada. Por isso, ficou lá. Mas agora veio para trazer ajutório.

Os velhos e o irmão queriam saber onde ficava tal lugar. Queriam ir logo para lá, mas a filha não dizia nada.

— Eu não posso contar — repetia sem parar. — Eu não posso contar. Está aqui perto. Não tenho licença para revelar. Mas vim preparar vocês para receberem ajutório. Deixem eu voltar para lá e aí venho contar tudo para vocês.

E a Ofaié-Xavante voltou ao formigueiro. A saúva-macho a esperava ansiosa. Na sua ausência, havia combinado com o chefe que iria esposar a jovem. De fato, casaram e houve uma festa de arromba.

Aí disse o chefe, que era pai da saúva-macho:

— Agora que vocês se casaram, vão visitar os parentes dela e ver como estão, se têm mantimentos fáceis ou não. Quero ajudá-los e dar um jeito para terem fartura como nós. Levem agora um monte de coisas boas para festejarem. Mas você, meu filho, não se incomode se debocharem de você. Engula tudo e tenha paciência. Diga a seu sogro, o pai de sua mulher, que nós, saúvas, vamos ajudá-lo a ter tudo fácil e em abundância. Só peça uma coisa: que ele derrube o mato e prepare um roçado. Só isso. O resto nós vamos fazer.

E o casal foi ver os parentes. A mulher foi à frente dizendo que o marido vinha logo atrás, carregando mantimentos. Quando a mãe viu a saúva-macho chegando, começou a rir. Ele vinha com um balaio de carne assada, cambaleando e arrastando o traseiro de tanto peso. A mãe não parava de debochar do marido saúva-cabeçuda. O casal ficou aí três dias com a família, ouvindo comentários maldosos, mas ele ficava calado, como o pai lhe havia recomendado.

Ao fim, a saúva-macho falou para o sogro fazer um roçado. Ele disse que já tinha feito como lhes fora pedido, só faltava alguma coisinha para terminar. E foi terminar. Pela tarde, a mulher perguntou ao marido saúva-macho por que o pai estava ainda no roçado. Não podia ficar sem comer. Devia vir para comer a carne assada que havia trazido.

No outro dia, a saúva-macho saiu cedo para o roçado e disse que ia plantar muita coisa. Chegou ao roçado preparado pelo sogro. Pegou a flecha de pelota e foi atirando para cima. Onde a flecha caía, nascia imediatamente um pé de milho com espiga pronta para ser comida. Assim encheu todo um canto do roçado de milho, jogando dezenas de flechas para cima. Jogou de novo a flecha e onde caía, nascia um pé de mandioca. E encheu outro canto. Fez a mesma coisa em cada canto, enchendo-os de batata-doce, depois cará, amendoim, abóbora, banana, melancia, ananás, maxixe, mamão, até por fim pimenta e tabaco. E assim a roça ficou um mantimento só.

Foi para casa e dormiu. No dia seguinte, disse à mulher:

— Vá dizer a sua mãe para ir para o roçado colher milho-verde, pois quero hoje comer pamonha e beber cauim.

A mulher foi falar com sua mãe:

— Mãe, vá ao roçado apanhar muito milho-verde porque meu marido quer comer pamonha e beber cauim.

A mãe ficou debochando. Dizia que a filha e a saúva-bundudo estavam loucos. E ficava sem entender até aquele momento por que a filha se casara com um bicho assim tão desengonçado e cabeçudo. Ademais, ele não sabia fazer nada.

A filha foi contar ao marido saúva-macho. Este, sem dar importância ao deboche, tornou a mandar recado para a sogra:

— É preciso apanhar logo aquele milho-verde, senão é impossível fazer pamonha e cauim. Depois, ao ficar maduro, só dá fubá e outras coisas.

A filha voltou a falar com a mãe. Mas esta só debochava e comentou:

— Vocês ficaram loucos mesmo. Seu pai só terminou o roçado ontem e há ainda fogo nos paus, como é que aquele formigão diz que tem já milho-verde para colher?

E caçoava sem parar, com pena da filha, que havia casado com um ser tão estranho. E não acreditou em nada nem foi ver o roçado.

O casal saúva-macho e Ofaié-Xavante acabou indo embora, cheio de tristeza. Perdeu-se a Terra da Cocanha, despareceu o El Dorado, sumiu a Utopia e desvaneceu-se a Terra sem Males.

Por isso é que os Ofaié-Xavantes andam, até os dias de hoje, por aí procurando mantimento, que encontram com dificuldade, e são obrigados a esperar bastante tempo até as coisas crescerem. Tudo poderia ter sido diferente. Bastava crer na Terra da Cocanha. Mas não creram. Por isso, penam com suor e lágrimas, sob o peso do trabalho estafante. Só porque não quiseram crer na Terra da Cocanha e na Terra sem Males.

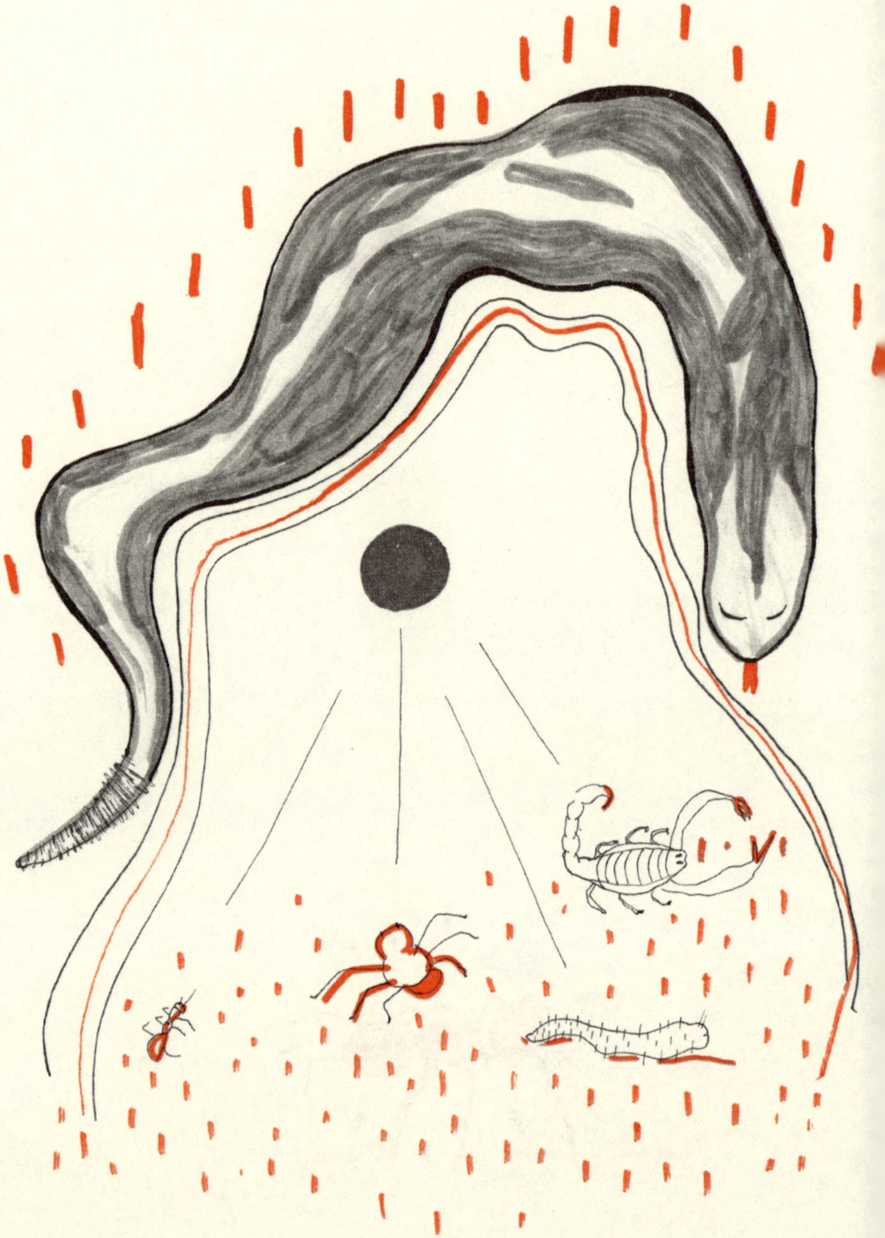

28
O CUIDADO DOS GRANDES PELOS PEQUENOS

Muitas vezes constatamos este fato da natureza, certamente curioso: quanto menores os bichinhos, mais veneno mortal eles têm. Assim como aranhas, escorpiões, serpentes e outros pequenos insetos. Por serem pequenos, facilmente são pisados e mortos. Por outra parte, quando, ao se defender, mordem, provocam grande dano, não raro a morte de quem os pisou. Por que a natureza lhes deu esse poder avassalador?

Os Maué que vivem na área cultural do Tapajós-Madeira encontraram uma explicação convincente. Eles contam a seguinte estória até os dias de hoje:

Quando o mundo foi criado, a noite não existia. Havia só o dia e a luz penetrava em todos os espaços. Só num lugar, nas águas profundas, a luz não chegava. Os Maué, por mais que quisessem, não podiam dormir nunca. Viviam cansados e com os olhos irritados pelo excesso de luz.

Certo dia, um deles encheu-se de coragem e foi falar com Boiuna, a Cobra-Grande, chamada também de sucuriju. Ela é toda escura e por isso considerada a senhora absoluta da noite. Era ela que mantinha a noite escondida no fundo mais fundo das águas, lá aonde nenhum raio de luz podia chegar.

A Cobra-Grande ouviu as lamentações do guerreiro. E vendo a pele dele, amorenada pelo sol escaldante e os olhos avermelhados pelo excesso de luminosidade, teve pena do Maué. Relutando muito, pois tinha receio das consequências funestas de sua decisão, propôs um pacto a ele. E disse:

— Eu sou grande e forte. Sei me defender. Não preciso de ninguém. Mas muitos dos meus parentes são pequenos e indefesos. Ninguém cuida deles. Especialmente vocês, homens, andam por aí distraídos, sem olhar onde põem os pés e assim os matam sem piedade. Como estes coitados vão se defender? Morrem esmagados sob o peso dos seus corpos. Mas eu lhe proponho a seguinte troca — arrematou a sucuri, a Cobra-Grande. — Você me arranja veneno e eu cuidarei de distribuí-lo entre os meus parentes pequenos e indefesos. Os grandes como a onça, o macaco, o tamanduá-bandeira, a anta e outros mais não precisam dele porque podem se defender sozinhos. Assim vocês, os Maué, quando caminharem por aí, cuidarão bem onde vão meter os pés. E vejam de não pisar nos bichinhos pequenos. Eles agora terão como se defender. Em troca, lhe darei um coco cheio de noite.

O Maué aceitou prazerosamente a proposta. Correu para o mato e dentro de pouco estava de volta, com o veneno para a sucuriju. E ela, em troca, lhe entregou o coco, cheio de noite.

No momento da troca, a sucuriju recomendou:

— Não abra o coco fora da maloca, só lá dentro. Não abra de jeito nenhum.

O rapaz prometeu manter o pacto, mas os demais Maué ficaram loucos de curiosidade. Queriam conhecer naquele momento mesmo, ainda longe da maloca, a tão ansiada noite. E tanto fizeram que o convenceram a desobedecer e a abrir o coco com a noite dentro, lá mesmo no meio do roçado.

E foi então que sobreveio a desgraça. Ao abrir o coco fora da maloca, as trevas cobriram o mundo. Não se via mais nada. O sol sumiu do firmamento. A floresta ficou uma mancha escura e as montanhas ao longe viraram uma sombra nebulosa. E uma angústia imprevista e terrível invadiu o ânimo dos Maué.

Houve uma correria geral. No foge-foge precipitado, ninguém pensou nos bichinhos pequenos que já haviam recebido veneno da Cobra-Grande, a sucuri. Os primeiros a receber foram as cobras pequenas e os escorpiões, que se defenderam das pisadas dos Maué mordendo seus pés e suas pernas.

Aconteceu uma grande calamidade. Os poucos que sobreviveram às mordidas venenosas sabem agora como se comportar. Também aprenderam a desconfiar das aranhas a quem a Cobra-Grande também deu veneno até em excesso.

E a partir de então todos começaram a tomar cuidado com os bichinhos pequenos para não pisar neles e não serem perigosamente mordidos, convivendo juntos pacificamente e com grande respeito mútuo.

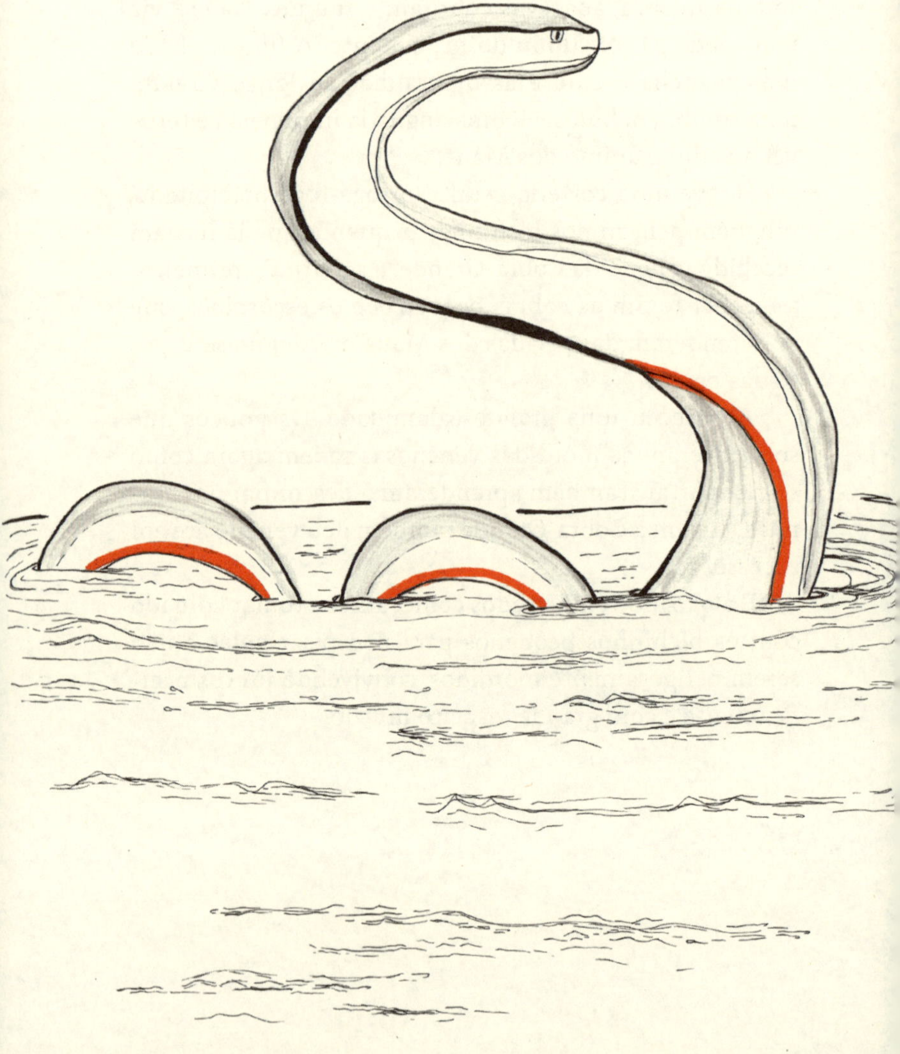

29
COBRA NORATO, A FORÇA BENFAZEJA DA NATUREZA

O ser humano vive em contínua *inter-ação* com a natureza. Ela é benfazeja e tudo produz. Mas é também ameaçadora, pois pode meter medo e tirar vidas. Tanto os antigos quanto os modernos procuram interpretar essas energias antagônicas da natureza.

    O pavor de todos os indígenas da Amazônia é a Cobra-Grande, a sucuri, de cor escura. Ela encarna a natureza malévola, por isso é aterradora. Vive nas florestas e nos rios. Quando se desloca da terra para água, os sulcos que deixa se transformam em riachos, igarapés. Vive no fundo das águas. Quando atravessa o rio, deixa atrás de si cascatas. E sempre que vem à tona seus olhos parecem archotes de luz amedrontando pescadores. Engole pessoas, vira barcos e com seus movimentos cria as barrancas altas dos rios.

    Mas também existe a encarnação da força benévola da natureza representada pelo Caipora ou Curupira dos Tupi-Guarani do Sul, "mito" que emigrou para o Norte. Assume muitas formas, a mais conhecida é a do menininho escuro, lépido, nu ou de tanga, fumando seu cachimbo e sedento de cachaça. Defende os animais, faz pactos com caçadores para não dizimarem a caça da floresta, chegando até a ressuscitar os animais mortos à toa pelos caçadores. Mas uma outra representação poderosa nos vem pela figura da Cobra Norato. Esta é a estória que circula ainda hoje entre os indígenas e as populações dos rios Amazonas e Trombetas. Os antigos contam:

Certo dia, uma jovem se banhava nas águas tranquilas do rio Claro. Sem saber por que, tempos depois, descobriu-se grávida. Será que foi a Cobra-Grande que lhe fez mal? Seguramente foi, pois nasceram gêmeos, duas serpentes escuras. Ela, por superstição, deu-lhes nomes de brancos cristãos, Honorato e Maria. E, temerosa de segurá-los em casa, colocou-os nas águas do paraná Cachoeri, rio secundário do Amazonas.

Os gêmeos criaram-se nas águas, subindo e descendo os rios, e tornaram-se muito grandes. Os indígenas e os ribeirinhos, vendo-os se rebolando ao sol, chamaram-nos de Norato e de Maria Caninana.

Ocorre que Maria Caninana era má, da estirpe da Cobra-Grande. Virava as embarcações, matava os náufragos, atacava os pescadores e botava para correr os peixes pequenos. Mordeu a grande Serpente Encantada que vive em Obidos. Esta permanentemente dorme. Sua cauda está fincada no fundo do rio, mas seu corpo vai, subterraneamente, terra adentro até sua cabeça chegar debaixo do altar da igreja Senhora Sant'Ana. Se um dia ela acordar, vai destruir a igreja. Maria Caninana, querendo provocar essa catástrofe, mordeu a Serpente Encantada. Esta não acordou, apenas se mexeu. Bastou isso para provocar uma rachadura que vai do mercado até a igreja, como se pode ver até os dias de hoje.

A Cobra Norato era sempre boa. Salvava náufragos, orientava barcos perdidos no meio das águas, protegia peixes pequenos contra a voracidade dos grandes. Mas era uma cobra encantada.

Em noites de lua clara, deixava o rio e se arrastava até as areias, onde se despia do corpanzil de Cobra Norato, imensa e pacífica, e se transformava num belo e simpático jovem. Vestia-se bem e encantava as moças. Conversava com elegância, comia, bebia e dançava. Gostava especialmente quando havia o mutirão da mandioca. Aí vinha ajudar, conversava com os rapazes, se entretinha com as moças – era o que mais gostava de fazer – e dava atenção aos velhos.

Todos ficavam contentes. Mas, num dado momento, desparecia. Só se ouvia um ruído surdo junto ao rio. Era o moço que voltava a vestir a Cobra Norato e mergulhava nas águas para seguir o seu destino.

Vendo o pavor e dizimação que sua irmã gêmea Maria Caninana fazia, Cobra Norato a empurrou pelos igarapés até que ficou presa nas ramas profundas de um igarapé muito estreito. Não podendo mais se libertar, acabou morrendo de inanição.

Cobra Norato vivia então, sozinha, nos rios, grandes e pequenos, sempre cuidando e protegendo as vidas ameaçadas.

Uma vez por ano, entretanto, Cobra Norato pedia a um de seus amigos que a desencantasse. Estava cansada de continuar serpente, embora benfazeja. Queria associar-se aos humanos e virar gente como todos. Sempre fazia a seguinte combinação:

Esperaria na praia, como se estivesse morta, com a boca enorme aberta. Para ser desencantada, o amigo deveria pingar três gotas de leite materno e dar tantas cutiladas com ferro virgem em sua cabeça até sangrar. Aí fecharia a boca e deixaria o sangue escorrer. Com isso, desencantaria e voltaria a ser gente para sempre.

Os vários amigos que se dispuseram a fazer o trabalho, na hora aprazada, tiveram medo. Vendo aquela cobra imensa na areia, com a boca aberta, fugiam apavorados. E Cobra Norato continuava cobra, subindo e descendo os rios e, de vez em quando, frequentava festas e dançava.

Até que um dia, encontrou um amigo corajoso, da estirpe dos guerreiros. Ele pegou o leite materno, agarrou um machado novo que nunca tivera cortado madeira e foi à praia que havia combinado com a Cobra Norato. Aproximou-se do corpo adormecido e, na boca aberta, gotejou três gotas de leite e desferiu várias pancadas de machado na cabeça. A boca se fechou e o sangue jorrou. Cobra Norato contorceu-se, aprumou-se e ficou aí parada.

De repente, daquele monstro benfazejo nasceu um jovem luzidio. Honorato estava livre, virara homem. Ainda ajudou a queimar a carcaça que havia usado por tantos e tantos anos. Veio um pé de vento e carregou as cinzas para as águas.

Honorato saiu pela estrada e foi morar em Cametá no Pará. Viveu muito, frequentou festas, fez inúmeros amigos, casou, teve filhos e filhas e mereceu a morte dos justos e bons.

Até hoje se conta nas terras e águas do Pará a saga de Cobra Norato. Quem passeia pelas águas do Amazonas, perto de Óbidos, ouve os canoeiros dizerem com convicção, apontando recantos de águas profundas e tranquilas:

— Por aí passava com frequência Cobra Norato. E nós víamos o dorso escuro dela.

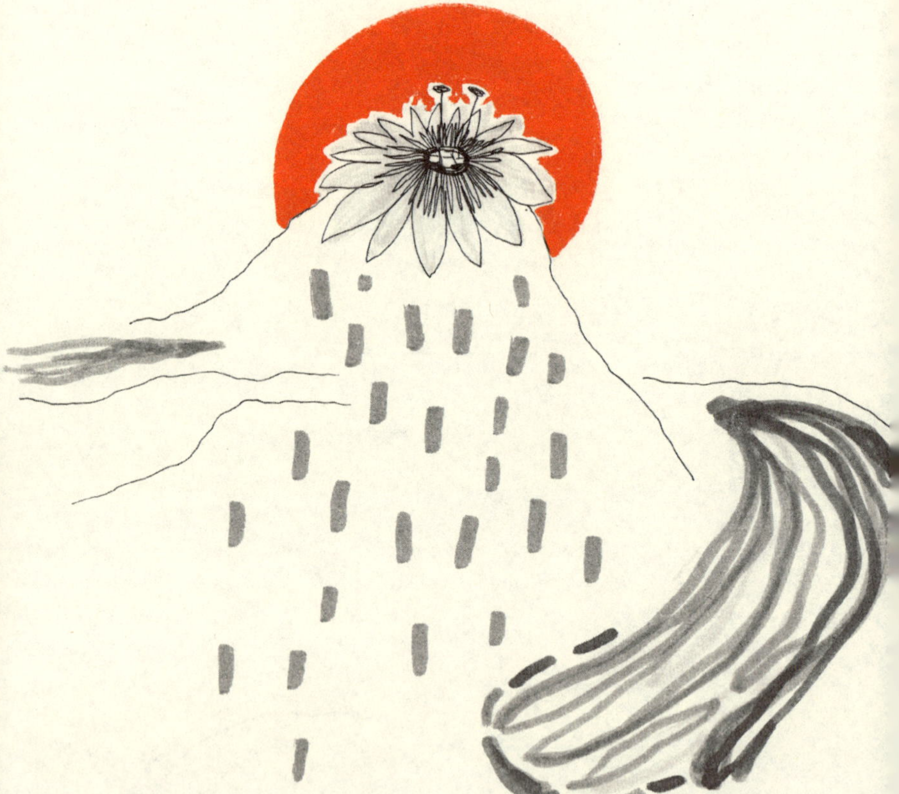

30
O AMOR TRÁGICO DE JAIRA

O amor é a força maior que existe no universo. Não obedece à lógica dos interesses. Não para diante da porta do inimigo. Ele arrebata as pessoas. Transporta-as para o mundo encantado do sem-fim. Nem a morte é capaz de aprisioná-lo. Por amor se morre. O amor nunca acabará.

Os Tupi-Guarani que habitavam na confluência do rio Itararé com o Paranapanema, bem nos limites dos estados de São Paulo e Paraná, testemunham a força vulcânica do amor de Jaira pelo arqui-inimigo da aldeia, o branco, tenente Antônio de Sá.

Sedentos das terras dos indígenas, os brancos faziam atrocidades para expulsá-los de lá. Para poderem viver em paz, os Tupi-Guarani resolveram, então, deixar as margens do rio e buscar novas paragens. Enquanto estavam fugindo, foram cercados por brancos com armas de fogo. A escuridão da noite e uma tempestade os ajudaram, pois no escuro e na chuva não conseguiam usar suas armas. À força de tacape e de flechadas, conseguiram abrir caminho e se salvarem da perseguição.

No atabalhoado da fuga, a mais linda mulher da aldeia – a formosa Jaira – caiu prisioneira do chefe dos brancos, o tenente Antônio Sá.

Todos ficaram desolados. Buscaram auxílio nas comunidades vizinhas e resolveram decretar guerra aos brancos e resgatar Jaira. Prepararam durante muitos dias o curare, terrível veneno mortífero, do qual os indígenas detêm o segredo da produção. Em seguida, fizeram a dança em torno da caçarola com o veneno para que a energia da erva mortífera impregnasse de coragem os guerreiros e tornasse as flechas certeiras.

Antes de saírem para a batalha, chegou um velho de muito longe e começou a ponderar com os pajés, os homens do saber e do manejo das forças da natureza, dizendo:

— Parentes, a nossa batalha contra os brancos vai ser uma fragorosa derrota. As flechas, por mais curare que tenham, não podem fazer frente às armas de fogo dos terríveis pele pálida. Não podemos ir, insensatamente, ao encontro da morte. Nesse momento, mais eficaz que o curare é o filtro de amor. Nós o conhecemos e com ele podemos triunfar. Alguém esconde perto do acampamento dos brancos muitos filtros de amor. Depois esse alguém se bandeia para o lado deles, fingindo-se desertor. Ganhando a confiança deles, introduz discretamente em suas comidas e bebidas filtros de amor. Jaira vai colaborar decisivamente. Quando estiverem adormecidos pelos filtros, os atacaremos, em massa, de tacape na mão. Venceremos a todos.

Tal plano foi acolhido pelos pajés e por toda a aldeia.

No dia seguinte, um guerreiro infiltrou-se no meio dos brancos, levando os filtros de amor. Haviam combinado um sinal: quando os brancos tivessem tomado os filtros e se encontrassem adormecidos, o guerreiro infiltrado imitaria o canto da saracura. E faria isso três vezes.

Todos esperaram, atentamente, várias noites e nada de se ouvir o sinal combinado.

O estratagema não dera certo. O tenente Antônio de Sá e a formosa Jaira se haviam apaixonado desesperadamente. Jaira não colaborara, transida de paixão.

Nesse entretempo, a esposa do tenente descobriu o amor do marido por Jaira e, trazida por seu pai e com muitos outros acompanhantes, chegou para destruir a paixão de ambos e reconquistar o marido.

Houve muita discussão entre eles. Jaira deveria ser devolvida aos Tupi-Guarani. Essa era a condição imposta pela esposa para continuar junto do marido.

Desgostosa mas apaixonada, temendo perder o amor do tenente, Jaira, que de longe escutara tudo, apresentou uma solução final. Secretamente disse ao amado tenente:

— Hoje à noite vou fugir. Às margens do rio Itararé, lá onde há um penhasco, o esperarei para escaparmos juntos pela floresta e vivermos nosso amor. Quando a lua sair por detrás daquelas copas altas, cantarei por três vezes o canto da araponga branca. É o momento para você partir. Se não vier, amarrarei fortemente os pés com cipó e me lançarei às águas profundas do rio.

Corajosa, partiu. À noite, quando a lua despontou por detrás das árvores, ouviu-se por três vezes o canto da araponga branca. Era Jacira que chamava por seu amor. Mas ele não veio. Ela esperou e esperou e cantou e cantou muitas vezes. Que teria acontecido com o amado?

No dia seguinte, ele foi a cavalo para o local combinado com Jaira, junto ao penhasco.

Céus! Encontrou apenas as roupas da infeliz Jaira e por cima uma coroa de flores de maracujá silvestre. Totalmente fora de si, gritou por Jaira. Os penhascos vizinhos ecoavam o nome de Jaira. "Jaira. Jaira. Jaira." E ela não aparecia. Alucinado, o tenente se jogou também às águas do rio. E nunca mais voltou.

Dizem os moradores da região que, à noite, quando a lua desponta por detrás das copas altas, junto ao penhasco, nas águas serenas do rio Itararé, se pode ver Jaira, vestida de branco, trazendo uma coroa de flores brancas de maracujá na cabeça, carregando nos braços, como uma *pietà*, o corpo exangue do amado tenente Antônio de Sá.

Caçadores acrescentam ainda que, às vezes, a sombra de Jaira vem à margem do rio e tira o sangue dos animais que ali vão beber água ou de pescadores para ver se reanima o corpo do bem-amado.

Enquanto aquelas águas rolarem pelos tempos sem fim, contar-se-á essa estória de amor, da infeliz Tupi-Guarani Jaira com o arqui-inimigo tenente Antônio de Sá. E se confirmará uma vez mais que para o amor não há amigos e inimigos, não há classes sociais, não há barreiras culturais. Mais forte que a vida e a morte é o amor entre duas pessoas apaixonadas. Porque o amor é um deus exilado nos corações humanos.

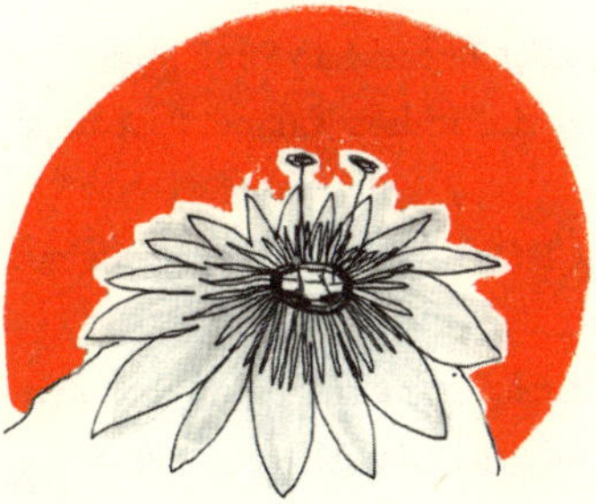

BIBLIOGRAFIA

Referimos aqui os livros principais das estórias, lendas e "mitos" indígenas, fontes de nossa narrativa.

AGOSTINHO, P. *Kwarìp, mito e ritual no Alto Xingu*. São Paulo: EDUSP, 1974a.

_____. *Mitos e outras narrativas Kamayurá*. Salvador: UDBa, 1974b.

AMORIM, A. B. Lendas em wheēngatu e em português. *Revista do Instituto Histórico e Geográfico Brasileiro*, Rio de Janeiro, 1916.

ANDRADE E SILVA, W. *Lendas e mitos dos índios brasileiros*. São Paulo: FTD, 2015.

BALDUS, H. *Lendas dos índios do Brasil*. São Paulo: Brasiliense, 1946.

_____. *Lendas dos índios Tereno*. São Paulo: Brasiliense, 1950.

BANNER, H. Mitos dos índios Kaiapó. *Revista de Antropologia*, São Paulo, 1957.

CÂMARA CASCUDO, L. da. *Lendas brasileiras*. Rio de Janeiro: Ediouro, 2000a.

_____. *Dicionário do folclore brasileiro*. Rio de Janeiro: Ediouro, 2000b.

CLASTRES, P. *A fala sagrada*. Mitos e cantos sagrados dos índios Guarani. Campinas: Papirus, 1990.

COSTA E SILVA, A. da. *Lendas do índio brasileiro*. Rio de Janeiro: Ediouro, 1957.

DONATO, H. *Contos dos meninos índios*. São Paulo: Melhoramentos, 1980.

FERREIRA, M. K. L. (org.). *Histórias do Xingu* – coletâneas dos índios Suyá, Kayaabi, Juruna, Trumai, Txucarramãe e Txicão. São Paulo: NHII/USP e Fapesp, 1994.

HOLANDA, Pereira A. Lendas dos índios Nambikwara. *Revista do Instituto Anchietano de Pesquisas*, Rio Grande do Sul, 1974a.

_____. Lendas dos índios Iranxé. *Revista do Instituto Anchietano de Pesquisas*, Rio Grande do Sul, 1974b.

LANA, F. A.; LANA, L. G. *Antes o mundo não existia*. Mitologia dos antigos Desana-Kehíripõrã. São João Batista do Rio Tiquié-São Gabriel da Cachoeira, Amazonas: UNIRT/FOIRN, 1995.

LUKESCH, A. *Mito e vida dos índios Kaiapó*. São Paulo: EDUSP, 1975.
MARROCOS BEZERRA, H.; PAULA, A. T. de. *Lendas e mitos da Amazônia*. Porto Velho: Edições Embratel, 1987.
METRAUX, A. Mythes et Contes des Indies Caiapó. *Revista do Museu Paulista*, São Paulo, 1960.
____. *A religião dos Tupinambá*. São Paulo: EDUSP, 1979.
MINDLIN, B. e narradores Suruí. *Nós Paiter. Os Suruí de Rondônia*. Petrópolis: Vozes, 1985.
____. *Vozes da origem*: estórias sem escrita, narrativas dos índios Suruí de Rondônia. São Paulo: Ática, 1996.
MIOWA, Y. *Kuarahycorá*: o círculo do sol. São Paulo: Elevação, 1999.
ORICO, O. *Contos e lendas do Brasil*. São Paulo: Melhoramentos, 1931.
PERET, A. *Mitos e lendas Karajá*. Belém: Biblioteca do Museu Goeldi, 1981.
PIZA, M. Notas sobre os Caiangangs. *Revista do Instituto Histórico e Geográfico de São Paulo*, São Paulo, 1938.
RIBEIRO, D. *Religião e mitologia kadiwéu*. Rio de Janeiro: Zahar, 1950.
SAMAIN, E. *Moroneta Kamayurá*: mitos e aspectos da realidade social dos índios Kamayurá (Alto Xingu). Rio de Janeiro: Lidador, 1991.
VILLAS BOAS, Orlando e Cláudio. *Xingu: os índios, seus mitos*. Rio de Janeiro: Zahar, 1970.
VON SCHADEN, E. *Aspectos fundamentais da cultura guarani*. São Paulo: EDUSP, 1954.
WAMRÊMÉ ZA'RA. *Mito e história do povo xavante*. Nossa palavra. São Paulo: Editora Senac, 1997.
ZONI, R. *Il Sentiero delle Stelle*. Miti e leggende degli índios. Gerenzano: Tipografia Caregnato, 1992.

SEGUNDA PARTE

A CONTRIBUIÇÃO DOS INDÍGENAS AO BRASIL E À GLOBALIZAÇÃO

OS INDÍGENAS: OS TESTEMUNHOS DA MÃE TERRA

O "índio" não existe. O que existe são centenas de nações indígenas, algumas tão diferentes das outras como é diferente o Brasil da Austrália. A seguir, apresentamos a lista das nações indígenas existentes à época da edição deste livro, que somam mais de 200. Os povos da Terra não têm consciência de que nesta ridente e esplêndida província de nosso planeta vivo, no Brasil, há tantos irmãos e irmãs. Eles são os testemunhos da Terra, os remanescentes de um holocausto que dura mais de quinhentos anos, que nos envergonha e que nos convoca à solidariedade e à reparação.

1. LISTA DOS POVOS INDÍGENAS

LISTA DE POVOS INDÍGENAS NO BRASIL CONTEMPORÂNEO					
Nº	NOME	OUTROS NOMES ou grafias	UF (Brasil) Países/ limítrofes	POPULAÇÃO Censo/ estimativa	ANO
1	Aikaná	Aikanã, Massaká, Tubarão	RO	160	1994
2	Ajuru		RO	?	
3	Amanayé	Amanaié	PA	66	1990
4	Anambé		PA	105	1994
5	Aparai	Apalai	PA	?	

continua

LISTA DE POVOS INDÍGENAS NO BRASIL CONTEMPORÂNEO (continuação)

Nº	NOME	OUTROS NOMES ou grafias	UF (Brasil) Países/ limítrofes	POPULAÇÃO Censo/ estimativa	ANO
6	Apiaká	Apiacá	MT	43	1989
7	Apinayé	Apinajé, Apinaié	TO	718	1989
8	Apurinã		AM	2.800	1991
9	Arapaço	Arapasso	AM	317	1992
10	Arara	Ukarãgmã	PA	158	1994
11	Arara	Karo	RO	130	1989
12	Arara	Shawanauá	AC	300	1993
13	Arara do Aripuanã		MT	150	1994
14	Araweté	Araueté	PA	220	1994
15	Arikapu	Aricapu	RO	?	
16	Ariken	Ariquem	RO	?	
17	Aruá		RO	?	
18	Asurini do Tocantins	Akuáwa	PA	225	1994
19	Asurini do Xingu	Awaeté	PA	76	1994
20	Atikum	Aticum	PE	2.799	1989
21	Avá-Canoeiro		TO/GO	14	1988
22	Aweti	Aueti	MT	80	1990
23	Bakairi	Bacairi	MT	570	1989
24	Banawa Yafi		AM	120	1991
25	Baniwa	Baniva, Baniva	AM	3.174	1992
			Colômbia	?	
			Venezuela	(1.192)	1992
26	Bará		AM	40	1992
			Colômbia	296	1988
27	Baré		AM	2.170	1992
			Venezuela	(1.136)	1992
28	Bororo	Boé	MT	914	1994
29	Canoe		RO	?	
30	Chamacoco		MS	40	1994
			Paraguai		
31	Cinta Larga	Matétamãe	MT/RO	643	1993
32	Columbiara		RO	?	

continua

LISTA DE POVOS INDÍGENAS NO BRASIL CONTEMPORÂNEO (continuação)					
Nº	NOME	OUTROS NOMES ou grafias	UF (Brasil) Países/ limítrofes	POPULAÇÃO Censo/ estimativa	ANO
33	Deni		AM	765	1991
34	Dessano	Desâna Desano, Wira	AM	1.458	1992
			Colômbia	(2.036)	1988
35	Enauenê--Nawê	Salumã	MT	243	1994
36	Fulni-ô		PE	2.788	1989
37	Galibi Marworno	Galibi do Uaçá, Aruã	AP	1.249	1993
38	Galibi	Galibi do Oiapoque	AP	37	1993
			Guiana Francesa	(2.000)	1982
39	Gavião	Digut, Gavião de Rondônia	RO	360	1989
40	Gavião	Parkatejê, Gavião do Mãe Maria	PA	325	1994
41	Gavião	Pukobiê, Gavião do Maranhão	MA	150	1990
42	Guajá	Awá, Avá	MA	370	1990
43	Guajajara	Tenethehara	MA	9.603	1990
44	Guarani	Kaiowá, Andeva M'bya Pãi Tavyterã Xiripá, Apapokuva Chiriguano	MS/SP/ RJ/PR/ES/ SC/RS	30.000	1994
			Paraguai	(25.000)	
			Argentina	(3.000)	
			Bolívia	(50.000)	
45	Guató		MS	700	1993
46	Hixkaryana	Hixkariana	AM/PA	?	
47	Iauanauá	Yauanawá	AC	230	1987
48	Ingarikó	Ingaricó Akawaio, Kapon	RR	1.000	1994
			Guiana	(4.000)	1990
			Venezuela	(728)	1992

continua

Nº	NOME	OUTROS NOMES ou grafias	UF (Brasil) Países/ limítrofes	POPULAÇÃO Censo/ estimativa	ANO
49	Iranxe	Irantxe	MT	250	1994
50	Issé		AM	?	
51	Jaboti		RO	?	
52	Jamamadi	Yamamadi	AM	250	1987
53	Jaminawa	Iaminaua Yaminahua	AC	370	1987
			Peru	(600)	1988
54	Jarawara	Jarauara	AM	160	1990
55	Jenipapo--Kanindé		CE	?	
56	Jiripancô	Jeripancó	AL	842	1992
57	Juma	Yuma	AM	7	1994
58	Juruna	Yuruna, Yudjá	MT/PA	132	1990
59	Kadiweu	Caduveo, Cadiuéu	MS	1.265	1993
60	Kaimbé	Caimbé	BA	1.200	1989
61	Kaingang	Caingangue	SP/PR/SC/RS	20.000	1994
62	Kaixana	Caixana	AM	?	
63	Kalapalo	Calapalo	MT	249	1990
64	Kamayurá	Camaiurá	MT	279	1990
65	Kamba	Camba	MS	?	
66	Kambeba	Cambeba, Omágua	AM	240	1989
67	Kambiwá	Cambiuá	PE	1.255	1990
68	Kampa	Campa Ashaninka	AC	560	1993
			Peru	(55.000)	1993
69	Kanamanti	Canamanti	AM	150	1990
70	Kanamari	Canamari	AM	1.119	1985
71	Kanela Apaniekra	Canela	MA	336	1990
72	Kanela Ranko--Kamekra	Canela	MA	883	1990
73	Kantaruré	Cantaruré	BA	?	
74	Kapinawá	Capinawá	PE	354	1989

continua

LISTA DE POVOS INDÍGENAS NO BRASIL CONTEMPORÂNEO (continuação)

Nº	NOME	OUTROS NOMES ou grafias	UF (Brasil) Países/ limítrofes	POPULAÇÃO Censo/ estimativa	ANO
75	Karafawyana		PA/AM	?	1976
76	Karajá	Carajá Javaé, Xambioá	MT/TO	2.450	1993
77	Karapanã	Carapanã	AM	40	1992
			Colômbia	(412)	1988
78	Karapotó	Carapotó	AL	1.050	1994
79	Karipuna	Caripuna	RO	30	1994
80	Karipuna do Amapá	Caripuna	AP	1.353	1993
81	Kariri	Cariri	CE	?	
82	Kariri-Xocó	Cariri-Chocó	AL	1.500	1990
83	Karitiana	Caritiana	RO	171	1994
84	Katuena	Catuena	PA/AM	?	
85	Katukina	Pedá Djapá	AM	250	1990
86	Katukina	Shanenawa	AC	400	1990
87	Kaxarari	Caxarari	AM/RO	220	1989
88	Kaxinawá	Cashinauá, Caxinauá Cashinahua	AC	2.700	1990
			Peru	(1.200)	1988
89	Kaxixó		MG	?	
90	Kaxuyana	Caxuiana	PA	?	
91	Kayabi	Caiabi, Kaiabi	MT/PA	1.035	1989
92	Kayapó	Kaiapó, Caiapó A'Ukre, Gorotire, Kikretum, Mekragnoti, Kuben-kran-ken Kokraimoro, Kubenkokre, Metuktire, Pukanu Xikrin	MT/PA	4.000	1993
93	Kiriri		BA	1.526	1994
94	Kocama	Cocama	AM	320	1989
			Colômbia	(236)	1988
95	Kokuiregatejê		MA	?	

continua

LISTA DE POVOS INDÍGENAS NO BRASIL CONTEMPORÂNEO (continuação)

Nº	NOME	OUTROS NOMES ou grafias	UF (Brasil) Países/ limítrofes	POPULAÇÃO Censo/ estimativa	ANO
96	Krahô	Craô, Kraô	TO	1.198	1989
97	Kreje		PA	?	
98	Krenak	Crenaque	MG	99	1992
99	Krikati		MA	420	1990
100	Kubeo	Cubeo Cobewa	AM	219	1988
			Colômbia	(5.837)	1992
101	Kuikuro	Kuikuru	MT	277	1990
102	Kulina/Madija	Culina Madiha	AC/AM	2.500	1991
			Peru	(500)	1988
103	Kulina Pano	Culina	AM	43	1985
104	Kuripako	Curipaco, Curripaco	AM	375	1992
			Venezuela	(2.585)	1992
			Colômbia	(6.790)	1988
105	Kuruaia	Curuáia	PA	?	
106	Machineri	Manchineri	AC	152	1993
107	Macurap	Makurap	RO	?	
108	Maku	Macu, Hupdá, Dow, Nadeb Yuhupde, Nukar, Cacua	AM	2.050	1989
			Colômbia	(786)	1988
109	Makuna	Macuna	AM	34	1992
			Colômbia	(98)	1988
110	Makuxi	Macuxi, Macushi Pemon	RR	15.000	1994
			Guiana	(7.500)	1990
111	Marubo		AM	594	1985
112	Matipu/ Nahukwa	Nafuqua	MT	102	1990
113	Matis		AM	109	1985
114	Matsé	Mayoruna	AM	370	1985
			Peru	(1.000)	1988
115	Mawayana		PA/AM	?	
116	Maxakali	Maxacali	MG	594	1989
117	Mehinako	Meináku, Meinacu	MT	121	1990
118	Mequém		RO	?	

continua

Nº	NOME	OUTROS NOMES ou grafias	UF (Brasil) Países/ limítrofes	POPULAÇÃO Censo/ estimativa	ANO
119	Miranha	Mirãnha, Miraña	AM	400	1994
			Colômbia	(445)	1988
120	Miriti Tapuia		AM	120	1992
121	Munduruku	Mundurucu	PA	3.000	1990
122	Mura		AM	1.400	1990
123	Myky	Menky, Munku, Menki	MT	56	1994
124	Nambikwara	Nhambiquara, Nambiquara Hahaintesu, Alantesu Wasusu, Halotesu Katitawlu, Kithaulu, Latunde, Mamainde Manduka, Negarote, Sabane, Waikisu	MT/RO	885	1989
125	Nukini	Nuquini	AC	350	1987
126	Ofaié Xavante	Ofayé-Xavante	MS	87	1991
127	Paiaku		CE	?	
128	Pakaa Nova	Wari, Pacaás Novos	RO	1.300	1989
129	Palikur	Aukwayene, Aukuyene Paliku'ene	AP	722	1993
			Guiana Francesa	(470)	1980
130	Panará	Krenhakarore, Krenakore, Índios Gigantes, Kreen-Akarore	MT	160	1994
131	Pankararé	Pancararé	BA	723	1991
132	Pankararu	Pancararu	PE	3.676	1989
133	Pankaru	Pancaru	BA	74	1992
134	Parakanã	Paracanã	PA	567	1994
135	Pareci	Paresi	MT	803	1994

continua

LISTA DE POVOS INDÍGENAS NO BRASIL CONTEMPORÂNEO (continuação)

N°	NOME	OUTROS NOMES ou grafias	UF (Brasil) Países/ limítrofes	POPULAÇÃO Censo/ estimativa	ANO
136	Parintintin		AM	130	1990
137	Patamona	Kapon	RR	50	1991
			Guiana	(5.500)	1990
138	Pataxó		BA	1.759	1989
139	Pataxó Hã-Hã-Hãe		BA	1.665	1993
140	Paumari	Palmari	AM	539	1988
141	Paumelenho		RO	?	
142	Pirahã	Mura Pirahã	AM	539	1988
143	Piratuapuia	Piratapuya, Piratapuyo	AM	926	1992
			Colômbia	(400)	1988
144	Pitaguari		CE	?	
145	Potiguara		PB	6.120	1989
146	Poyanawa	Poianáua	AC	300	1985
147	Rikbaktsa	Canoeiros, Erigpaktsa	MT	690	1993
148	Sakiriabar		RO	?	
149	Sateré-Maué	Sataré-Mawé	AM	5.825	1991
150	Suruí	Aikewara	PA	173	1994
151	Suruí	Paíter	RO	586	1992
152	Suyá	Suiá	MT	186	1994
153	Tabajara		MA	?	
154	Tapayuna	Beiço-de-Pau	MT	48	1990
155	Tapeba		CE	1.143	1992
156	Tapirapé		MT	332	1989
157	Tapuia		GO	?	
158	Tariano		AM	1.630	1992
			Colômbia	(205)	1998
159	Taurepang	Taulipang, Pemon, Arekuna	RR	200	1989
			Venezuela	(20.607)	1992
160	Tembé		PA/MA	800	1990
161	Tenharim		AM	360	1994
162	Terena		MS	15.000	1994
163	Ticuna	Tikuna, Tukuna Maguta	AM	23.000	1994
			Peru	(4.200)	1988
			Colômbia	(4.535)	1988

continua

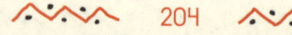

LISTA DE POVOS INDÍGENAS NO BRASIL CONTEMPORÂNEO (continuação)					
Nº	NOME	OUTROS NOMES ou grafias	UF (Brasil) Países/ limítrofes	POPULAÇÃO Censo/ estimativa	ANO
164	Tingui Botó		AL	180	1991
165	Tiriyó	Trio, Tarona, Yawi Pianokoto, Piano	PA	380	1994
			Suriname	(376)	1974
166	Torá		AM	25	1989
167	Tremembé		CE	2.247	1992
168	Truká		PE	909	1990
169	Trumai		MT	78	1990
170	Tsohom Djapá		AM	100	1985
171	Tukano	Tucano	AM	2.868	1992
			Colômbia	(6.330)	1988
172	Tupari		RO	?	
173	Tupiniquim		ES	884	1987
174	Turiwara		PA	39	1990
175	Tuxá		BA/PE	929	1992
176	Tuyuka	Tuiuca	AM	518	1992
			Colômbia	(570)	1988
177	Txikão	Txicão	MT	184	1994
178	Umutina	Omotina	MT	100	1989
179	Uru-Eu-Wau-Wau	Urueu-Uau--Uau, Uru Pa In, Amundáwa	RO	106	1994
180	Urubu		RO	?	
181	Urubu Kaapor	Ka'apor	MA	500	1992
182	Wai Wai		RR/AM/PA	1.366	1994
183	Waiãpi	Oiampi, Wayãpy	AP	498	1994
			Guiana Francesa	(412)	1982
184	Waimiri Atroari	Kiñā	RR/AM	611	1994
185	Wanano	Uanano	AM	483	
			Colômbia	?	
186	Wapixana	Uapixana, Vapidiana Wapisiana, Wapishana	RR	5.000	1994
			Guiana	(4.000)	1990

continua

LISTA DE POVOS INDÍGENAS NO BRASIL CONTEMPORÂNEO (continuação)					
Nº	**NOME**	**OUTROS NOMES ou grafias**	**UF (Brasil) Países/ limítrofes**	**POPULAÇÃO Censo/ estimativa**	**ANO**
187	Warekena	Uarequena	AM	476	1992
			Venezuela	(420)	1992
188	Wassu		AL	1.220	1994
189	Waurá	Uaurá	MT	187	1990
190	Wayana	Waiana, Uaiana Wayana-Aparai	PA	363	1993
			Suriname	(150)	1972
			Guiana Francesa	(510)	1980
191	Witoto	Uitoto, Huitoto	AM	?	
			Colômbia	(5.939)	1988
			Peru	(2.775)	1988
192	Xakriabá	Xacriabá	MG	4.952	1994
193	Xavante	Akwê, A'wen	MT	7.100	1994
194	Xerente	Akwê	TO	1.552	1994
195	Xereu		PA/AM	?	
196	Xipaia	Shipaya	PA	?	
197	Xocó	Chocó	SE	250	1987
198	Xokleng	Shokleng	SC	1.650	1994
199	Xucuru	Xukuru	PE	3.254	1992
200	Xucuru Kariri	Xukuru-Kariri	AL	1.520	1989
201	Yanomami	Yanomam, Ianomâmi Sanumá, Ninam, Ianoama	RR/AM	9.975	1988
			Venezuela	(15.193)	1992
202	Yawalapiti	Iaualapiti	MT	140	1990
203	Ye'kuana	Maiongong Ye'kuana, Yekwana	RR	180	1990
			Venezuela	(3.632)	1992
204	Zo'é	Poturu	PA	110	1990
205	Zoró		MT	257	1992
206	Zuruahã		AM	125	1986
Fonte: Banco de Dados do Programa Povos Indígenas no Brasil – CEDI/Instituto Socioambiental, nov. 1994.					

2. AS ÁREAS CULTURAIS INDÍGENAS

Esses são os povos indígenas, distribuídos segundo a divisão proposta pelo antropólogo Eduardo Galvão, em dez áreas culturais, articuladas a sistemas ecológico-geográficos. Eis as áreas:

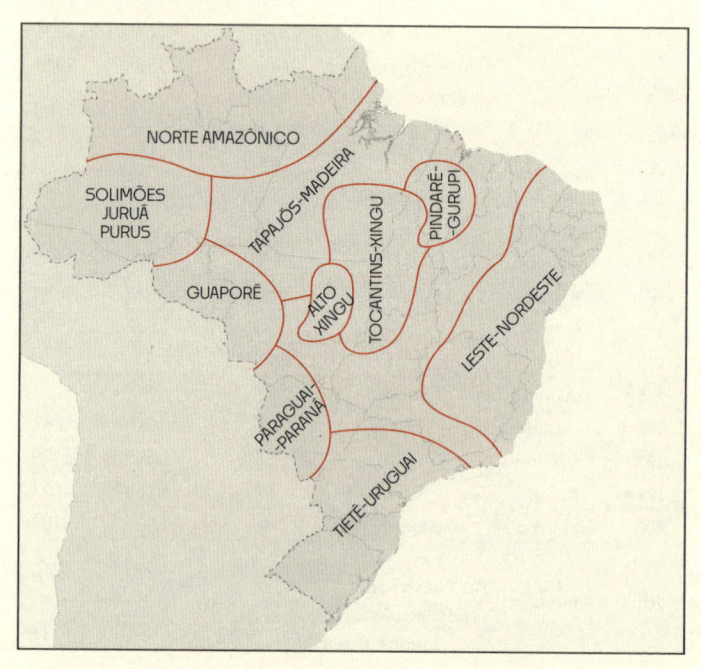

[Mapa do Brasil com as áreas culturais: NORTE AMAZÔNICO, SOLIMÕES-JURUÁ-PURUS, TAPAJÓS-MADEIRA, GUAPORÉ, ALTO XINGU, TOCANTINS-XINGU, PINDARÉ-GURUPI, LESTE-NORDESTE, PARAGUAI-PARANÁ, TIETÊ-URUGUAI]

3. AS LÍNGUAS INDÍGENAS

A classificação mais comum que se faz dos povos é pelas línguas que falam. Entre os povos indígenas do Brasil há uma das proliferações linguísticas mais significativas da história da humanidade. Em 1500, ao aportar Pedro Álvares Cabral em terras brasileiras, havia cerca de 5 milhões de indígenas, agrupados em 1.400 povos, falando 1.300 línguas. Hoje, devido à dizimação ocorrida em mais de quinhentos anos, restam apenas 180 línguas, havendo, portanto, uma perda de mais de mil (85% delas). Quando analisadas, constata-se que pertencem a quatro famílias linguísticas diferentes, cada qual representada por dezenas e dezenas de línguas diferentes. As famílias são Tupi, Jê, Karib, Aruak e Pano. Há muitas outras, cerca de 35, que escapam a esta classificação, como as línguas Yanomami, Mura, Tukano, Maku e Guaikuru e outras.

Povos que falam línguas da família Tupi são culturalmente mais flexíveis, com facilidade de incorporar dados de tradições vizinhas. O Tupinambá, nos tempos coloniais, serviu de língua franca para os missionários e para indígenas de diferentes povos que eram obrigados a conviver numa mesma aldeia. O Tupinambá, chamado de Tupi Antigo, era a língua do povo Tupinambá, conhecido também como Tamôio, Tupinikim, Kaeté, Potiguára e Tobajára. Um dialeto dele, o Guarani, é falado hoje no Paraguai e no norte da Argentina, bem como nos estados brasileiros do Rio Grande do Sul ao Espírito Santo. Ambos, porém, fazem parte da família linguística Tupi-Guarani.

Povos que falam línguas da família Jê vivem, preferentemente, nos cerrados, nas caatingas e florestas de galeria. Uma de suas características culturais é a ritualização rica que fazem da vida cotidiana.

As famílias Aruak e Karib provêm do sul dos Estados Unidos e do Caribe, chegando posteriormente ao Brasil. Os povos que falam as várias línguas derivadas dessas famílias vivem nos cerrados, campos gerais e florestas. Os Aruak foram possivelmente os intermediários entre os povos andinos e tropicais. Sua cultura é mais complexa e com populações mais densas. Os Macuxi, por exemplo, são do grupo Aruak e dos mais populosos do Brasil.

A família linguística Pano é representada pelas línguas faladas nas bacias dos rios Acre e Purus. A maioria dos povos foi dizimada ou reduzida consideravelmente nos conflitos com imigrantes a partir de 1870, quando se descobriu o valor comercial da borracha.

Cada língua representa mais que um meio de comunicação. É uma pronúncia do mundo, uma cosmovisão. Por isso, o desaparecimento de uma língua significa uma perda irreparável para o patrimônio cultural da humanidade. Para preservar uma língua é preciso preservar seus falantes e defender a continuidade do povo dentro de suas terras.

4. RAZÕES PARA DEFENDER AS CULTURAS INDÍGENAS

Com a compilação de contos indígenas que fizemos a partir de suas sábias tradições, queremos corroborar, modestamente, na manutenção dos valores das culturas indígenas. Ademais, desejamos pagar um pouco a dívida histórica que temos para com eles. Por que a revisitação de sua sabedoria ancestral é importante para todos nós e para o mundo inteiro?

Em primeiro lugar, porque eles podem ser nossos mestres e nossos doutores. Elaboraram, ao longo de milhares de anos, uma relação com a natureza de grande colaboração, respeito e veneração. Souberam habilmente manejar os recursos naturais sem destruir o equilíbrio ecológico. Criaram uma integração tão grande com a comunidade de vida que são como o tapir ou o cervo no meio da natureza.

Viemos de um projeto civilizacional que se estrutura ao redor do poder-dominação sobre os outros povos, as outras classes e a natureza. Esta sistemática agressão pode destruir a nós e à vida. Por isso, é urgente que aprendamos formas alternativas de relação para com a natureza. E os indígenas nos mostram o caminho.

Em segundo lugar, eles nos desvendam formas de convivialidade e generosidade social que nós perdemos.

Logo adiante, enfatizaremos o que nos legaram em termos sociais e culturais. Hoje, no processo de mundialização, que permite a todos os povos se encontrar dentro da mesma casa comum – a nossa Grande Mãe Terra –, o senso de respeito pela diferença, o apreço pela liberdade e o entendimento da autoridade como simples serviço, valores esses vividos naturalmente pelos indígenas, são imprescindíveis para um convívio minimamente pacífico entre todos os humanos.

Em terceiro lugar, ao defender as culturas indígenas, estamos defendendo nossa própria identidade nacional. Eles entraram na formação daquilo que é o Brasil atual. O sentimento de nossa alma nos vem em grande parte por eles. Embora dizimados, eles sobrevivem seja em nosso sangue, seja nas energias de nossa alma, seja nos conteúdos de nosso imaginário, seja nas palavras de nossa língua.

Em quarto lugar, eles nos mostram formas de sermos humanos muito diferentes da nossa. Podemos ser profundamente humanos, livres, sensíveis, ternos e fraternos em estilos diversos daqueles que hoje se estão impondo no mundo inteiro, com base na cultura ocidental. Não somos condenados a nenhuma homogeneização, antes, pelo contrário, a biodiversidade perfaz a riqueza da espécie humana, una e diversa. E eles nos dão disso um convincente testemunho.

Por fim, os indígenas são nossa permanente má consciência. Até o juízo final, eles têm o direito de protestar contra a forma como os temos tratado nos mais de quinhentos anos e que continuamos a tratá-los, como o estado brasileiro confirmou, para nossa vergonha, ao mundo inteiro, por ocasião da celebração dos quinhentos anos de Brasil, realizada em Ilhéus, na Bahia, no dia 21 de abril de 2000: com brutalidade policial, com a destruição de seus símbolos e com a rejeição de sua presença nos festejos oficiais, pois se lhes negou a forma como queriam se apresentar.

5. A DESTRUIÇÃO DAS ÍNDIAS BRASILEIRAS

O primeiro encontro, em abril de 1500, narrado idilicamente pelo cronista Pero Vaz de Caminha, logo se transformou num profundo desencontro. Por culpa da voracidade dos colonizadores, não ocorreu uma reciprocidade entre o português e o indígena, mas um confronto, desigual e violento, com desastrosas consequências para o futuro de todas as nações indígenas. Como no resto da América Latina, foi negada a eles a condição de seres humanos. Ainda em 1704, a Câmara de Aguiras, no Ceará, escrevia em carta ao rei de Portugal o seguinte: "missões com esses bárbaros são desnecessárias, porque de humano só têm a forma, e quem disser outra coisa é engano conhecido". Foi preciso que o Papa Paulo III, com uma bula de 9 de julho de 1537, interviesse e proclamasse a eminente dignidade dos indígenas como verdadeiros seres humanos, livres e donos de suas terras.

Pelas doenças dos brancos contra as quais eles não tinham imunidade – gripe, catapora, sarampo, malária e sífilis –, pela cruz, pela espada, pelo esbulho de suas terras, impossibilitando a caça e as plantações, pela escravização, por guerras declaradas oficialmente pelo estado contra eles e, modernamente, por desfolhantes químicos, até por bactérias intencionalmente introduzidas, e pela sistemática humilhação e negação de sua identidade, os 5 milhões foram reduzidos ao número atual de 300 mil. Vigorou, na relação com os indígenas, o propósito político de sua erradicação, seja pela aculturação forçada, seja pela miscigenação espontânea e planejada, seja pela pura e simples exterminação, como ordenou o Governador Geral do Brasil Mendes Sá com os Caeté em Pernambuco e os Tamoyo no Rio de Janeiro.

Citemos apenas um exemplo paradigmático que representa a lógica da "destruição das Índias brasileiras". No começo do século, quando os padres dominicanos iniciaram uma missão às margens do rio Araguaia, havia entre 6 e 8 mil Kaiapó em conflito com os seringueiros da região. Em 1918, foram reduzidos a 500. Em 1927, a 27. Em 1958, a um único sobrevivente. Em 1962, foram dados por extintos em toda aquela região.

Com a dizimação de mais de 500 povos, em mais de quinhentos anos de história brasileira, desapareceu para sempre uma herança humana construída durante milhares de anos de trabalho cultural, de diálogos com a natureza, de invenção de línguas e de construção de uma visão do mundo. Sem eles todos ficamos mais pobres.

O sonho de um Terena, recolhido por um bom conhecedor da alma brasileira e indígena, mostra o impacto dessa devastação demográfica sobre as pessoas e os povos: "Fui até o velho cemitério guarani na Reserva e lá vi uma grande cruz. Uns homens brancos chegaram e me pregaram na cruz de cabeça para baixo. Eles foram embora e eu fiquei lá pregado e desesperado. Acordei com muito medo" (GAMBINI, 1980, p. 9).

Esse medo, pela continuada agressão do homem branco e bárbaro, que arrogantemente se autodenomina de civilizado, se transformou, nos povos indígenas, em pavor de que sejam exterminados para sempre da face da Terra.

6. AS ORGANIZAÇÕES INDÍGENAS E DE APOIO À CAUSA INDÍGENA

Graças às organizações indígenas, cuja lista vamos oferecer a seguir, às novas legislações protecionistas do Estado, ao apoio da sociedade civil, das igrejas da libertação e da pressão internacional, os povos indígenas estão se fortalecendo e, mais, crescendo numericamente.

Essa longa lista de organizações revela o alto nível de consciência e de articulação que os povos indígenas atingiram. Eles são cidadãos adultos que querem participar do destino da comunidade nacional, sem renunciar à sua identidade, colaborando com outros sujeitos históricos com sua riqueza cultural, ética e espiritual.

Por isso, é extremamente ofensiva à sua dignidade a forma como o Estado brasileiro, com suas políticas indigenistas, os trata – como se fossem primitivos e infantis. Na verdade, eles guardam uma integralidade que nós, não indígenas, perdemos, reféns de um paradigma civilizacional que divide, atomiza e contrapõe para melhor entender e mais dominar. Eles são guardiães da unidade sagrada e complexa do ser humano, mergulhado com outros na natureza da qual somos parte e parcela. Eles conservam a consciência bem-aventurada de nosso pertencimento ao todo e da aliança imorredoura entre o céu e a terra, origem de todas as coisas.

Quando, em outubro de 1999, encontramos os indígenas suecos – os Samis ou esquimós – em Umeo, eles nos fizeram uma primeira pergunta, prévia à conversação:

— Os índios brasileiros conservam ou não o casamento entre o céu e a terra?

Eu respondi resolutamente:

— Sim, eles mantêm este casamento. Pois, segundo eles, do casamento entre o céu e a terra nascem todas as coisas.

Eles, felizes, responderam:

— Então, são ainda, verdadeiramente, índios como nós.[1] Eles não são como os nossos irmãos de Estocolmo,

---

1 Pelos dados da ONU, estima-se que existem cerca de 300 milhões de indígenas no mundo. Mais da metade vive na China, na Índia e na Austrália. Na América Latina são mais de 30 milhões e, no Brasil, 300 mil.

que esqueceram o céu e só ficaram com a terra. Se mantivermos unidos Céu e Terra, espírito e matéria, o Grande Espírito e o espírito humano, então, salvaremos a humanidade e a nossa Grande Mãe Terra.

Essa, seguramente, é a grande missão dos povos originários e o seu maior desafio: ajudar-nos a salvar a Terra, nossa mãe, que a todos gera e sustenta e sem a qual nada neste mundo é possível.

Precisamos ouvir sua mensagem e incorporarmo-nos em seu compromisso, para fazermo-nos também nós, como eles, testemunhos da beleza, da riqueza e da vitalidade da Terra.

QUADRO DAS ORGANIZAÇÕES INDÍGENAS (Registradas em Cartório)				
Nº	Sigla	Nome da Organização	UF	Ano
1	COIAB	Coordenação das Organizações Indígenas da Amazônia Brasileira	AM	1989
2	FOIRN	Federação das Organizações Indígenas do Rio Negro	AM	1987
3	AUCIRT	Associação da União das Comunidades Indígenas do Rio Tiquié	AM	1987
4	UNIRT	União das Nações Indígenas do Rio Tiquié	AM	1990
5	UCIDI	União das Comunidades Indígenas do Distrito de Iauareté	AM	1990
6	UNIDI	União das Nações Indígenas do Distrito de Iauareté	AM	1988
7	ACITRUT	Associação das Comunidades Indígenas de Taracuá, Rio Uaupés e Tiquié	AM	1986
8	AMITRUT	Associação das Mulheres Indígenas de Taracuá, Rio Uaupés e Tiquié	AM	1989
9	ACIRU	Associação das Comunidades Indígenas do Rio Umari	AM	
10	ACIRI	Associação das Comunidades Indígenas do Rio Içana	AM	1988
11	OIBI	Organização Indígena da Bacia do Içana	AM	1992
12	AMAI	Associação das Mulheres de Assunção do Içana	AM	1990

continua

QUADRO DAS ORGANIZAÇÕES INDÍGENAS (Registradas em Cartório) (continuação)					
Nº	Sigla	Nome da Organização	UF	Ano
13	ACIRX	Associação das Comunidades Indígenas do Rio Xié	AM	1989
14	AIPK	Associação Indígena Potyra Kapoano	AM	1993
15	ACIRNE	Associação das Comunidades Indígenas do Rio Negro	AM	1989
16	ACIBRIN	Associação das Comunidades Indígenas do Baixo Rio Negro	AM	1990
17	AINBAL	Associação Indígena do Balaio	AM	1991
18	COIMIRN	Comissão de Organização Indígena do Médio Rio Negro	AM	1994
19	CACIR	Comissão de Articulação das Comunidades Indígenas Ribeirinhas	AM	1993
20	AMARN	Associação de Mulheres Indígenas do Alto Rio Negro	AM	1984
21	AEIAM	Associação dos Estudantes Indígenas do Amazonas	AM	1984
22	CEARN	Casa do Estudante Autóctone do Rio Negro	AM	1985
23	COPIAR	Comissão dos Professores Indígenas do Amazonas e Roraima	AM	1990
24	CGTT	Conselho Geral da Tribo Ticuna	AM	1982
25	OGPTB	Organização Geral dos Professores Ticuna Bilíngues	AM	1986
26	OGMST	Organização Geral dos Monitores de Saúde Ticuna	AM	1990
27	AMIMS	Associação das Mulheres Indígenas do Médio Solimões	AM	
28	OMITTAS	Organização da Missão Indígena da Tribo do Alto Solimões	AM	1990
29	CGTSM	Conselho Geral da Tribo Sateré-Maué	AM	
30	OPISM	Organização dos Professores Indígenas Sateré-Maué	AM	
31	UPISMM	União dos Povos Indígenas Sateré-Maué e Munduruku	AM	
32	ACIMURU	Associação Comunitária Indígena Mura do Rio Urubu	AM	
33	CIKA	Comissão Indígena Kanamari do Médio Japurá	AM	

continua

QUADRO DAS ORGANIZAÇÕES INDÍGENAS (Registradas em Cartório) (continuacão)

Nº	Sigla	Nome da Organização	UF	Ano
34	UNI-TEFÉ	União das Nações Indígenas de Tefé	AM	
35	CIM	Conselho Indígena Mura	AM	
36	CIVAJA	Conselho Indígena do Vale do Javari	AM	1992
37	APIR	Associação dos Povos Indígenas de Roraima	RR	1988
38	CIR	Conselho Indígena de Roraima	RR	1987
39	OPIR	Organização dos Professores Indígenas de Roraima	RR	
40	MOPIAJ	Movimento dos Povos Indígenas do Alto Juruá	AC	
41	UNI-AC	União das Nações Indígenas do Acre	AC	
42	AARAA	Associação Ashaninka do Rio Amônea/Apiotxa	AC	1991
43	OPIRE	Organização dos Povos Indígenas do Rio Envira	AC	
44	OMPIS	Organização Metareila do Povo Indígena Suruí	RO	1989
45	OTPICL	Organização Tamare do Povo Cinta-Larga	RO	1989
46	AKOT	Akot Pytyanipa Associação Karitiana	RO	
47	APIROMT	Articulação dos Povos Indígenas de Rondônia e Mato Grosso	RO	
48	AIPU	Associação Indígena Pussuru	PA	
49	CIMPA	Conselho Indígena Munduruku do Pará	PA	
50	APIO	Associação dos Povos Indígenas do Oiapoque	AP	1993
51	APIAP	Articulação dos Povos Indígenas do Amapá	AP	
52	AHA	Associação Halitina (Pareci)	MT	1992
53	AMP	Associação Orridiona (Associação das Mulheres Pareci)	MT	1992
54	KUARUP	Organização Indígena do Xingu	MT	1991
55	AXPB	Associação Xavante de Pimentel Barbosa	MT	1988
56	ATX	Associação Tsõrepré Xavante	MT	
57	AII	Associação dos Índios Iranxe	MT	1992
58	CORK	Conselho Rikybaktsa	MT	
59	ACIB	Associação das Comunidades Indígenas Bororo	MT	

continua

QUADRO DAS ORGANIZAÇÕES INDÍGENAS (Registradas em Cartório) (continuação)					
Nº	Sigla	Nome da Organização	UF	Ano
60	IPREN-RE	Associação Ipren-Re de Defesa do Povo Mebengnokre (Kayapó)	MT	1993
61	ACIM	Associação Comunidade Indígena Makrare	TO	1988
62	AAXIB	Associação das Aldeias Karajá da Ilha do Bananal	TO	1991
63	AIX	Associação Indígena Xerente	TO	1992
64	ACIRK	Associação das Comunidades Indígenas da Reserva Kadiwéu	MS	1989
65	AITECA	Associação Indígena Terena de Cachoeirinha	MS	1989
66	AMI	Associação dos Moradores Indígenas de Campo Grande	MS	1988
67	AMK	Associação Massacará-Kaimbé	BA	1991
68	ACSAM	Associação Comunitária Senhor da Ascensão de Mirandela	BA	1991
69	ACKSM	Associação Comunitária Kiriri do Saco dos Morcegos	BA	1991
70	ONI-Sul	Organização das Nações Indígenas do Sul	RS	
71	ACKRS	Associação de Caciques Kaingang do Rio Grande do Sul	RS	
72	OPBKGRS	Organização de Professores Bilíngues Kaingang e Guarani do RS	RS	
73	UNAMI	União Nacional de Mulheres Indígenas		

Fonte: RICARDO, C. A. "Os índios" e a sociodiversidade nativa contemporânea no Brasil. *In*: SILVA, A.; GRUPIONI, L. D. B. (coord.). *A temática indígena na escola.* Brasília: MEC/MARI/Unesco, 1995. p. 52-55.

QUADRO DAS ORGANIZAÇÕES DE APOIO AOS POVOS INDÍGENAS
(não governamentais)

Nº	Sigla	Nome da Organização	UF	Ano
1	ANAI/BA	Associação Nacional de Apoio ao Índio/Bahia	BA	1979
2	ANAI/POA	Associação Nacional de Apoio ao Índio/Porto Alegre	RS	1977
3	AVA	Associação Vida e Ambiente (Ex-Fundação Mata Virgem)	DF/MT	1994
4	CCPY	Comissão Pela Criação do Parque Yanomami	SP/RR	1978
5	CIMI	Conselho Indigenista Missionário/CNBB	DF/AM/AC/RO/MT/MS/PA/MA/AP/RR/GO/TO/CE/PE/BA/MG/ES/SP/PR/SC/RS	1972
6	COMIN	Conselho de Missão Entre Índios/IECLB	RS	1982
7	CPI	Centro de Pesquisa Indígena	SP/AC/MT/MG	1989
8	CPI/AC	Comissão Pró-Índio do Acre	AC	1979
9	CPI/SP	Comissão Pró-Índio de São Paulo	SP/RR/PA	1978
10	CTI	Centro de Trabalho Indigenista	SP/AP/MT/MA/TO/MS	1979
11	GAIN	Grupo de Apoio ao Índio	MS	1986
12	GAIPA	Grupo de Apoio ao Índio Pataxó	BA	
13	GRACI	Grupo Recifense de Apoio à Causa Indígena	PE	
14	GRUMIN	Grupo Mulher-Educação Indígena	RJ/PB	
15	GTME	Grupo de Trabalho Missionário Evangélico	MT/RO/RS	1979
16	IAMÃ	Instituto de Antropologia e Meio Ambiente	SP/RO	1989
17	INESC	Instituto de Estudos Socioeconômicos	DF	1979

continua

QUADRO DAS ORGANIZAÇÕES DE APOIO AOS POVOS INDÍGENAS
(não governamentais) (continuação)

Nº	Sigla	Nome da Organização	UF	Ano
18	ISA	Instituto Socioambiental	SP/DF/AM/PA/MT	1994
19	MAGUTA	Centro Maguta	AM	1985
20	MAREWA	Movimento de Apoio à Resistência Waimiri Atroari	AM	1983
21	MARI	Grupo de Educação Indígena/USP	SP	1989
22	NCI	Núcleo de Cultura Indígena	SP/MT	1985
23	OPAN	Operação Anchieta	MT/AM/MR	1969
24	PETI/MN	Pesquisa Estudo Terras Indígenas/Museu Nacional	RJ	1986

Fonte: RICARDO, C. A. "Os índios" e a sociodiversidade nativa contemporânea no Brasil. *In*: SILVA, A.; GRUPIONI, L. D. B. (coord.). *A temática indígena na escola*. Brasília: MEC/MARI/Unesco, 1995. p. 52-55.

II
DÍVIDA DO BRASIL E DA HUMANIDADE PARA COM OS POVOS INDÍGENAS

É incomensurável a dívida que os brasileiros e a própria humanidade têm para com a cultura indígena. Nem eles nem nós temos consciência do quanto significam para o nosso cotidiano cultural.

Quando tomamos banho todos os dias, quando deitamos em redes, quando comemos batata-doce e pipoca, quando fazemos inúmeros pratos com farinha de milho, quando comemos mamão-papaia na sobremesa ou castanhas-de-caju nos aperitivos e fumamos cigarros, esquecemos que por trás de tais coisas há o trabalho cultural de milhares de gerações indígenas. Vamos, sumariamente, inventariar as contribuições que os indígenas trouxeram em benefício da humanidade.

1. A SOBREVIVÊNCIA NOS TRÓPICOS

Os colonizadores vinham de climas temperados do norte da Europa. Nada sabiam da vida dos trópicos, do cultivo de suas frutas, tubérculos e leguminosas, como prepará-las e consumi-las. Aprenderam com os indígenas as formas de manejar os solos, a maneira de morar, de se vestir e de assumir hábitos higiênicos, como tomar banho diariamente. Houve o que se chamou a tupinização dos portugueses e, depois, a aportuguesação dos tupis.

2. A PRESENÇA INDÍGENA NO SANGUE BRASILEIRO

A mulher indígena sempre foi magnificada pelo colonizador por sua fecundidade, enternecimento e espírito de serviço. Em seu ventre se deu a primeira miscigenação do povo brasileiro: 17% da população têm em suas veias sangue indígena. Embora praticamente seu sangue tivesse sido derramado pelas dizimações, os indígenas sobrevivem, escondidos no sangue miscigenado.

3. A PRESENÇA INDÍGENA NA LÍNGUA E NA GEOGRAFIA BRASILEIRAS

Os que nasciam desse encontro, os mamelucos, falavam a língua da mãe indígena, o tupi, e tinham costumes do pai português. Se o Marquês de Pombal não tivesse obrigado a falar português em todas as partes no Brasil, a língua oficial brasileira seria, seguramente, o tupi-guarani. Até o século XVIII, era a língua comum de comunicação, por isso denominada também de língua da terra ou língua geral. Os bandeirantes falavam tupi, a ponto de em 1697 o bandeirante Domingos Jorge Velho, para conversar com o bispo de Pernambuco, que só se expressava em português, precisar de um intérprete.

A nossa língua brasileira está enriquecida com centenas de vocábulos tupi. Elenquemos alguns, perdidos em nossa memória: aipim, arara, batata, capim, caatinga, canoa, capenga, catapora, catete (porco-do-mato), ceará (canto da jandaia), cipó, cuia, cuíca, cururu (espécie de sapo), guri (menino), irajá (favo de mel), jaboticaba, jacarandá, jacaré, jandaia (papagaio amarelo), jirau (prateleira suspensa para guardar alimentos), jururu (triste), mandioca, maracanã (espécie de papagaio), maracujá, marimbondo, mata, mingau, minhoca, maloca, paçoca, paca, pajé, paraná (rio caudaloso), pererica, peteca, pipocar, pirajá (viveiro de peixes), piranha piratininga (peixe seco), pororoca (estrondo das águas), sabiá, sapeca, samambaia, socar, sopé (na base de, embaixo de), taba, taquara, tapera, tatu, tipoia, toca, tocaia, tucano, urubu entre muitas outras.

Inúmeros lugares, cidades e instituições e pessoas levam nome Tupi. Como os nomes do estado do Paraná, a rua Visconde de Pirajá, o Viaduto do Anhangabaú, as cidades de Ipumirim, Piratininga, Piracicaba, Pindamonhangaba, Jaraguá, Jundiaí, Itajubá, Iguaçu, Itaorna, entre outras tantas; o Banco Itaú (que significa pedra preta, embora o banco tenha trocado o preto pelo azul), a companhia de ônibus Itapemirim, o Morro do Açu; os nomes de pessoas, como Jacy, Yara, Iracy, Jaciara, Jurema Maíra, Mara, Ubiratã, Ubirajara, Kainã, entre tantos e tantos outros.

4. A PRESENÇA INDÍGENA NO COTIDIANO DA CASA

Toda a sociedade brasileira, mas principalmente a interiorana, tem um lastro tupi-guarani, vastamente incorporado e, por isso, inconsciente. Todos apreciam a farinha de mandioca, a farofa, os mingaus, os beijus, as tapiocas, o pirão, as paçocas de amendoim ou de carne ou de peixe, as moquecas, o tucupi (sumo da mandioca-brava cozida), o guaraná, a erva-mate.

Utensílios domésticos que vêm da cultura indígena, como o pilão, as peneiras, os balaios, as esteiras de palha, as redes.

Nas cozinhas temos as gamelas, os porongos, as cuias, os potes e as panelas de barro. Gostamos de ter em casa castanhas e produtos frescos da roça.

No interior, os caboclos ainda hoje usam o pari para pescar (barragem para fechar o riozinho e pegar os peixes), o puçá (tarrafa), a pesca com linha e anzol, o timbó (folha que anestesia e imobiliza os peixes). Utiliza-se ainda o ubá (barco inteiriço, escavado à machadinha e ao fogo) para se locomover rapidamente nos rios, o alçapão para pegar quadrúpedes e a arapuca, passarinhos. Na música, usos particulares da cuíca e do berimbau provêm da cultura indígena.

Para tintas usa-se com frequência o pau-brasil, o jenipapo (cor azul-escura forte) e o urucum (vermelho). Fibras têxteis de grande resistência são tiradas do tucum, do algodão, do caroá e do caraguatá. Para materiais de construção usa-se por todas as partes o sapé, o cipó, folhas e troncos de palmeira e de bambu.

Em casa, há por todo canto bancos, redes de dormir, jiraus para guardar comidas, esteiras que vêm da tradição caseira indígena. Tomar banho diário, andar descalço em casa, falar de cócoras são todos hábitos tupi-guarani.

5. A PRESENÇA INDÍGENA NA CULINÁRIA E NA MEDICINA BRASILEIRA E MUNDIAL

A contribuição indígena para a dieta brasileira e universal é considerável e, em alguns casos, como o da batatinha, decisiva. A grande maioria dos consumidores não tem a menor ideia desta inestimável presença indígena. Se o conscientizassem, não os considerariam primitivos, mas benfeitores da humanidade.

O milho (Zea mays)
O milho encontrado em mais de 60 comunidades, possivelmente, tem origem na bacia Paraná-Paraguai em terras guarani. A partir de uma espiga minúscula *in natura*, geneticamente foi desenvolvido em vários tipos, amarelo, preto, vermelho, atingindo as espigas cerca de 40 centímetros. Figura entre as três mais decisivas plantas alimentícias da humanidade, servindo ainda como ração para inúmeros animais.

A *batata* (Solanum tuberosum)
Originária no altiplano do Peru, onde os indígenas desenvolveram mais de 100 espécies diferentes, é hoje a base alimentar de milhões e milhões de pessoas. Erroneamente é chamada batata-inglesa, quando deveria ser denominada batata-americana.

A *batata-doce* (Ipomea batatas)
Os indígenas conheciam dez espécies delas, que eram consumidas assadas ou em forma de mingau.

A *mandioca* (Manihot esculenta)
Os indígenas conhecem cerca de 140 diferentes espécies desse tubérculo, do qual tiram inúmeros produtos como a farinha, os beijus e o caium (bebida fermentada). Provavelmente, foi domesticada na Amazônia há quatro mil anos. É a base da comida nordestina. Recordemos a bela estória que contamos acerca da origem da mandioca.

O cará (Dioscorea *sp.*)
É maior que a batata, roxo ou branco, muito alimentício, pois serve como pão.

O amendoim (Arachis hypogaea)
É originário do Brasil meridional e, hoje, difundido em todo o mundo em forma de alimento, de pastas e de azeites.

Os feijões (Phaseolus sp.)
A partir dos Kayabi se desenvolveram inúmeras espécies de feijões, brancos, pretos e pintados, uma das bases da dieta de milhões de pessoas no mundo.

A abóbora (Cucurbita moschata)
Nativa do Nordeste, onde os indígenas chamavam de gerumus, de onde se deriva o jerimum dos nordestinos, era comida assada, inteira ou fatiada.

A pimenta (Capsium annum)
Existem a verde e a vermelha, e os indígenas as usavam para condimentar os alimentos, especialmente carnes e peixes. Eram apreciadíssimas pelos europeus para cujos mercados eram exportadas em grande quantidade.

O abacaxi (Ananas sativus)
Apreciada por seu sumo e aroma; dela se faziam também bebidas fermentadas.

A banana (Musa paradisiaca, Musa sapientum)
No Brasil indígena havia somente a banana-da-terra (chamada pacoba), que era cozida, e a banana-ouro (pacoba-mirim), pequena, grossa e muito doce. As demais espécies foram trazidas de fora e aqui se difundiram como se fossem nativas.

O mamão (Carica papaya)
Além do fruto saborosíssimo, os indígenas utilizavam as folhas para conservar carnes de caça.

O caju (Anacardium occidentale)
Os indígenas consumiam em grande quantidade o caju e aproveitavam o fruto e a castanha assada, de alto teor alimentício, hoje considerada a mais saborosa de todas as amêndoas.

O maracujá (Passiflora sp.)
Era comido *in natura* ou em sucos que se faziam em cuias. Era apreciado também pelo perfume e beleza da flor.

O cacau (Theobroma sp.)
Foi desenvolvido pelos Desana e hoje é a base de todos os produtos de chocolate e achocolatados do mundo inteiro.

O guaraná (Paullinia cupana)
É um conhecido estimulante, pois contém cafeína. As sementes são moídas no pilão e a farinha misturada com água e adoçada forma um dos mais saborosos refrigerantes que se conhece. Recordemos a bela estória de sua origem contada na primeira parte desse livro.

O tabaco (Nicotiana tabacum)
Usado como estimulante nos rituais e como medicina, foi introduzido a partir do século XVI no mundo todo.

A erva-mate (Ilex paraguariensis)
Os Guarani usavam-na fresca como medicina e seca como chá e chimarrão.

O algodão (Gossypium sp.)
Embora conhecido antes pelos europeus, as espécies indígenas acabaram predominando por sua qualidade e produtividade.

A borracha (Hevea trasiliensis)
Era conhecida pelos indígenas que a utilizavam para impermeabilizar objetos, fazer bolas e seringa. É um produto fundamental para a indústria moderna, especialmente para carros e aviões.

Outras plantas frutíferas
Além da lista que acabamos de referir, há outras plantas manejadas ecologicamente pelos indígenas, das quais extraíam frutas de grande sabor ou altamente alimentícias como a castanha-do-pará, o caju, o pinhão, a pupunha, a sapota, o abiu, o cacau, a goiaba, a graviola, o ingá, o pequi, o cambará, a guabiroba, o umbu, o cupuaçu, a pitomba, a pitanga, a fruta-do-conde, o araticum, o cajá e o araçá, entre outras.

Plantas medicinais indígenas
A farmacopeia indígena sempre foi muito rica. Praticamente para cada doença conheciam as correspondentes ervas, plantas e beberagens terapêuticas. Algumas foram incorporadas pela medicina mundial como a pecacuana (*Cephaelis ipecacuanha*), excelente contra diarreias sanguinolentas; o jaborandi (*Pilocarpus pennatifolius*) como sudorífero e depurativo; a copaíba (copaifera) para curar feridas e infecções urinárias; a quina (cinchona), fundamental na cura contra a malária; vários alucinógenos como a ayahuasca ou caapi (*Banisteriopsis caapi*) e a coca (*Erythroxylum cataractarum*), utilizada nas anestesias e em inúmeras outras drogas farmacêuticas.

A fauna fluvial e terrestre
Os indígenas notoriamente se alimentavam também de caça e de pesca. Para isso, desenvolveram certa tecnologia. Haviam semidomesticado a tartaruga fluvial (*Podognemis expensa*), mantida em currais, da qual aproveitavam, além

da carne (10-50 quilos), os muitos ovos. Cada desova comportava mais de 100 ovos, propiciando uma coleta de milhões de ovos por ano.

Aproveitavam o pirarucu (*Arapaimas gigas*), que alcança 1,80 metro de comprimento e 80 quilos.

O peixe-boi (*Trichechus inunguis*), mamífero que alcança 1.500 quilos e 3 metros de comprimento, do qual se aproveita a carne, o couro e a gordura.

A piraíba, peixe herbívoro que alcança mais de 3 metros de comprimento e que chega a pesar 140 quilos.

Da fauna terrestre cabe ressaltar a paca, a cutia, o tatu, os veados, a anta (que chega a medir 2 metros), o queixada, o jabuti e o tracajá, todos riquíssimos em proteína animal.

Afirma nossa maior estudiosa do tema, Berta Ribeiro:

> Dominando os mecanismos da reprodução e hereditariedade de plantas e animais, os indígenas desenvolveram uma política adequada à sua preservação. Por isso, são sábios na manipulação de recursos naturais do seu ambiente, associando prudência e conhecimento biológico. Essa é indubitavelmente a lição moral e ecológica que nos ensinaram os índios (p. 215).

6. A PRESENÇA INDÍGENA NO IMAGINÁRIO POPULAR

Muitas figuras do imaginário popular e do folclore nacional derivam da tradição indígena.

No Norte são muito conhecidas as estórias ligadas ao boto, o golfinho amazônico. Há o vermelho, perigoso, e o preto, amigo dos seres humanos, empurrando os náufragos para as areias. No fabulário amazônico, ele aparece sob a forma de um rapaz elegantemente vestido de branco que frequenta festas, dança, bebe e seduz as moças. Comumente os filhos naturais são denominados "filhos do boto".

Outra lenda está ligada à cobra-grande, a sucuriju preta que habita o fundo dos rios. Se há um animal temido pelos amazônicos é a cobra-grande. Diz-se que em noites de tempestades, frequentes na região, ela emerge com os olhos em forma de faróis luminosos ou como um enorme barco, navegando ao léu para perseguir navegantes. Ela é também chamada de Cobra Norato, como apresentamos numa estória anterior.

Importante no imaginário popular é o caipora ou curupira. Trata-se de uma entidade benfazeja que protege a natureza e as caças e pune severamente quem mata sem necessidade.

É do tamanho de um menino e anda com os pés para trás para confundir as pessoas, pois estas, vendo os rastros, não sabem se ele foi ou se veio. Gosta de aguardente e fumo. Para não ser incomodado pelo caipora, é sempre bom deixar aqui e acolá na mata um pouco de cachaça e fumo para ele. No Nordeste, quando não se sente satisfeito, mata as pessoas de cócegas. No vale do São Francisco, é apresentado como um caboclinho de rosto redondo e com um olho no meio da testa, habitando as florestas.

Com função semelhante ao caipora/curupira há o anhangá, espécie de duende, protetor dos animais ameaçados. Persegue os caçadores irresponsáveis que matam indiscriminadamente ou que abatem animais em fase de nidificação ou de amamentação ou que estão prenhes. Ele lhes transmite uma febre terrível, levando-os à loucura.

Para muitos é temida a panema. É uma energia negativa que produz má sorte e azar. Pode sobrevir a caçadores e a pescadores ou a mulheres menstruadas ao tocarem implementos de caça e pesca ou a pessoas especialmente invejosas. Elas atraem muito azar. Para se livrar dela, é preciso tomar banhos de ervas especiais, com perfume especialmente forte e sabor amargo.

Por fim, há a figura do Macunaíma dos Makuxi e Taulipáng, herói de mil contradições: ora destemido, ora covarde; ora laborioso, ora pachorrento; ora sedutor de mulheres, ora romântico – expressão do caráter dúbio e volúvel de tantos da cultura mestiça brasileira, imortalizado pela obra genial de Mário de Andrade com o mesmo nome.

III
O LEGADO HUMANÍSTICO DOS POVOS INDÍGENAS

A humanidade e a própria Terra entraram numa nova fase de sua evolução, a fase planetária. Crescem os laços de interdependência de todos com todos e, consequentemente, a consciência planetária de que a Terra e os seres humanos têm um destino comum. Cada povo traz a sua contribuição, fruto de milhares de anos de trabalho cultural. Cada um é importante porque revela singularidades da natureza humana que de outra forma não fariam história nem chegariam ao nosso conhecimento. Todos vêm trazer à mesa comum sua riqueza para o brilho da espécie *Homo sapiens*, que é a inteira humanidade.

Qual o legado humanístico que os povos indígenas nos transmitem? Elenquemos apenas alguns pontos que consideramos relevantes numa perspectiva globalizada.

1. SABEDORIA ANCESTRAL

Saboreando as estórias e os "mitos" recolhidos neste livro podemos notar, por parte dos indígenas, profunda capacidade de observação da natureza com suas forças e da vida com suas múltiplas vicissitudes. A sabedoria deles se teceu pela sintonia fina com o universo e pela escuta atenta da Terra da qual se sentem filhos e filhas. Nesse sentido, eles são altamente civilizados. Sabem melhor do que nós, filhos e filhas da razão técnico-científica, casar Céu e Terra, integrar vida e morte, compatibilizar trabalho e diversão, confraternizar ser humano com a natureza e harmonizar homens e mulheres, jovens e idosos. Nisso eles têm sábias lições a nos dar.

Inteligentemente, atinaram com a vocação fundamental de nossa efêmera passagem por este mundo que é captar a majestade do universo, saborear a beleza da Terra, celebrar a vitalidade de todas as coisas e tirar do anonimato a Fonte originária de todo ser, chamando-a por mil nomes, como Palop, Tupã, Ñamandu e outros.

Tudo existe para brilhar. E o ser humano existe para dançar e festejar esse brilho. Daí a razão das muitas festas e das intermináveis danças indígenas, cheias de alegria e de superabundância de comidas, bebidas e adornos.

Essa sabedoria precisa ser resgatada e aprofundada pela humanidade em processo de unificação, para colocarmos sob controle o imenso poder tecnológico que conquistamos, dando a ele um sentido ético e construtivo. Sem sabedoria, esse poder poderá nos destruir e dizimar o nosso ridente Planeta vivo.

2. A INTEGRAÇÃO SINFÔNICA COM A NATUREZA

O indígena se sente parte da natureza, e não um estranho dentro dela. Por isso, em seus "mitos", seres humanos e animais, cobras, peixes e plantas *inter-agem, con-vivem*, se falam e se casam entre si. Intuíram o que sabemos pela ciência empírica: que todos formamos uma cadeia única e sagrada de vida. Desde as bactérias mais ancestrais até os seres complexos, como nós, humanos, somos formados basicamente pelo mesmo código genético e pelos mesmos elementos físico-químicos. Somos, de fato, irmãos e irmãs uns dos outros. Então, como não convivermos fraternal e sororalmente na mesma grande e rica Casa Comum?

Eles são exímios ecologistas. Souberam adaptar-se aos mais diferentes ecossistemas e também adaptar esses ecossistemas aos seus propósitos. A Amazônia não é terra intocável. Em milhares de anos, as dezenas de nações indígenas que ali vivem atuaram poderosamente sobre ela. Quase 12% de toda Floresta Amazônica de terra firme foi manejada pelos povos indígenas, promovendo "ilhas de recursos", criando condições favoráveis para o desenvolvimento de espécies vegetais úteis, como o babaçu, as palmeiras, o bambu ou bosques com alta densidade de castanheiras e frutas de toda espécie. Elas foram plantadas e cuidadas por eles para si e para aqueles que, porventura, por ali passassem. Os caboclos falam ainda hoje das "terras de índios", caracterizadas pela abundância de frutos e pela fertilidade.

Os Yanomami sabem aproveitar 78% das espécies de árvores de seus territórios, tendo-se em conta a imensa biodiversidade da região, na ordem 1.200 espécies numa área do tamanho de um campo de futebol.

Para eles a Terra não é, como para o nosso modelo de civilização, um baú de recursos espantosos que podemos explorar ao nosso bel-prazer. A Terra é mãe do indígena, como dizem enfaticamente muitos deles. Ela é viva e por isso produz todo tipo de seres vivos. Deve ser tratada com a reverência e o respeito que se deve às mães. Nunca se há de abater animais, peixes ou árvores por puro gosto, mas somente para atender necessidades humanas. Mesmo assim, quando se derrubam árvores ou se fazem caçadas e pescarias maiores, organizam-se ritos de desculpa para não violar a aliança de amizade entre todos os seres.

Essa relação sinfônica com a comunidade de vida é imprescindível para a humanidade, pois chegamos a limites perigosos no processo de agressão e de exploração sistemática dos recursos escassos da Terra. A Terra mostra sinais evidentes de cansaço. Caso não resgatarmos essa atitude sinfônica com a natureza, perpassada de encantamento e de reverência, de solidariedade e cooperação, atitude vivida pelas culturas indígenas, dificilmente garantiremos o futuro comum da vida e da espécie humana.

3. ATITUDE DE VENERAÇÃO E DE RESPEITO

Para os povos indígenas, como para os contemporâneos que vêm das ciências da Terra (cosmologia, física quântica, biologia, ecologia integral), tudo é vivo e tudo vem carregado de mensagens que importa decifrar. A árvore não é apenas uma árvore. Ela tem muitos braços que são seus ramos, tem mil línguas que são suas folhas, ela une a Terra pelas raízes com o Céu pela copa. Ela está sempre em relação com o todo. Eles conseguem, naturalmente, captar o fio que liga e re-liga todas as coisas entre si e com Deus. Ele empapa toda a realidade. Por isso, os povos indígenas se sentem mergulhados nessa realidade divina na qual já se encontram os antepassados. Quando festejam, dançam e tomam as beberagens rituais; têm uma experiência de encontro com Deus e com todos os anciãos e sábios de sua comunidade que já passaram para o outro lado da vida.

Essa experiência globalizante de Deus enche seu mundo de vida e de encantamento. A reverência e o respeito com que cercam todas as coisas nascem da percepção de que tudo é sinal da presença das energias celestes e divinas.

Precisamos reforçar essa atitude de reverência em nossa cultura materialista e vastamente profanizada. Importa resgatar a consciência ancestral de que o visível é parte do invisível. O ser humano necessita sentir-se parte de um todo, tem urgentemente de conscientizar que seu destino feliz ou trágico está vinculado a uma relação viva e sincera com a Fonte originária de todo o ser.

4. A LIBERDADE: A ESSÊNCIA DA VIDA INDÍGENA

Do que mais apreciamos e o que mais nos falta nos tempos atuais é liberdade. A complexidade da vida, a sofisticação das relações sociais, o crescimento gigantesco das instituições e a inundação desenfreada das informações geram sentimento de prisão e de angústia. Parece-nos que a liberdade foi enviada ao cativeiro. E como ansiamos pela liberdade, o dom mais precioso, pelo qual construímos a nossa identidade e moldamos nosso destino!?

Os povos indígenas nos dão o testemunho de uma incomensurável liberdade. Basta-nos o depoimento dos irmãos Orlando e Cláudio Villas Boas, os indigenistas que, depois de Rondon, mais amaram e defenderam esses povos:

> Se fizermos uma comparação com os índios, poderemos dizer que os "civilizados" são uma sociedade sofrida. O índio, por sua vez, estacionou no tempo e no espaço. O mesmo arco que ele faz hoje, seus antepassados faziam há mil anos. Se eles pararam nesse sentido, evoluíram quanto ao comportamento do homem dentro de sua sociedade. O índio em sua aldeia tem um lugar estável e tranquilo. É totalmente livre, sem precisar de dar satisfação de seus atos a quem quer que seja. Toda estabilidade da comunidade, toda coesão está assentada num mundo mítico. Que diferença enorme entre as duas humanidades: uma tranquila, onde o homem é dono de todos os seus atos: outra, uma sociedade em explosão, onde é preciso um aparato, um sistema repressivo para poder manter a ordem e a paz dentro

da sociedade. Se uma pessoa der um grito no centro de São Paulo, uma radiopatrulha poderá levá-la presa. Se um índio der um tremendo berro no meio da aldeia, ninguém olhará para ele, nem vai perguntar por que ele gritou. O índio é um homem livre (1975, abertura).

Essa liberdade, sonho dos redentos, parece uma utopia, mas nossos indígenas mostram sua possibilidade e também sua ridente realidade.

5. A AUTORIDADE: O PODER COM GENEROSIDADE

A liberdade vivida pelos povos indígenas configura a autoridade de seus líderes, os caciques e os tixauas, de forma toda singular. Estes nunca têm poder de coerção e de mando sobre os demais. Sua função é de animação e de articulação das coisas comuns, sempre respeitando o dom supremo da liberdade individual. Cabe a ele conduzir a política exterior da aldeia, tomar decisões judiciosas em matéria de economia, distribuir com justiça, entre as famílias nucleares, as terras de roça, manter a paz entre todos, ter uma boa retórica com força de persuasão, saber manejar as energias cósmicas que curam – quer dizer, deve, eventualmente, ser um xamã.

Especialmente, entre os Guarani se vive esse alto sentido de autoridade, cujo atributo essencial é a generosidade. O cacique deve dar tudo o que lhe pedem. Deve, sem cessar, fazer presentes de bens e serviços, organizar festas com abundância de alimentos e bebidas. Normalmente, para atender a essa obrigação, trabalha mais que os outros e deve renunciar a toda posse para si. Como contrapartida, tem o privilégio de ter várias mulheres para ajudá-lo nos trabalhos.

Em algumas comunidades se pode reconhecer o chefe na pessoa daquele que possui menos que os outros e que traz ornamentos mais pobres e até miseráveis, pois o resto tudo foi doado (CLASTRES, 1965).

Nós, ocidentais, somos herdeiros de um exercício despótico do poder como centralização, imposição e dominação. Já a definição clássica que se dá ao poder revela antes uma deformação que uma qualidade: "poder é a capacidade de conseguir com que o outro faça aquilo que eu quero". Em razão dessa concepção, as sociedades são dilaceradas por conflitos de autoridade, devido às resistências, rebeldias e revoluções, feitas em nome da liberdade e contra as opressões tirânicas.

Imaginemos o seguinte cenário: se o cristianismo, em vez de ter-se encarnado na cultura romana com seu senso legalista do direito e com sua centralização, tivesse encarnado na cultura política guarani teríamos então padres pobres, bispos miseráveis e o papa, um verdadeiro mendigo.

Trabalhariam incansavelmente a serviço dos outros. Sua marca registrada seria a generosidade e a compaixão sem limites. Então, sim, poderiam ser testemunhas Daquele que disse: "Estou entre vós como quem serve e quem quer ser o primeiro seja o último". E a missão não teria sido dominação religiosa aliada à dominação política, os cristãos não seriam cúmplices e partícipes do genocídio dos povos originários da América Latina; antes, testemunhariam o Evangelho como proposta de vida plena, em liberdade, em fraternidade e em veneração para com todas as coisas. Os indígenas teriam captado essa mensagem como conatural à sua cultura. Teriam abraçado, sem coerção, o cristianismo como complemento de sua visão de mundo. E teríamos, então, uma humanidade melhor, mais sensível, mais participativa, mais servicial, mais integrada, mais ecológica e mais espiritual.

O que não foi pode ainda ser, desde que nos deixemos inspirar pela cultura de nossos povos-testemunho que ainda casam Céu e Terra e vivem sob o arco-íris da benevolência do Universo, das pessoas e de Deus.

BIBLIOGRAFIA ESSENCIAL

BELTRÃO, L. *O índio, um mito brasileiro*. Petrópolis: Vozes, 1997.

BEOZZO, J. O. *Leis e regimentos das missões*. Política indigenista no Brasil. São Paulo: Loyola, 1983.

CÂMARA CASCUDO, L. da. *Dicionário do folclore brasileiro*. Rio de Janeiro: Ediouro, 2000.

CARNEIRO DA CUNHA, M. *História dos índios no Brasil*. São Paulo: Companhia das Letras/Secretaria Municipal de Cultura de S. Paulo, 1992.

CEDI/Instituto Socioambiental. Banco de dados do programa povos indígenas no Brasil. Rio de Janeiro, 1994.

CLASTRES, P. *Echanges et pouvoir*: philosophie de la chefferie indienne. L'homme, Paris, 1965. p. 51-57.

GALVÃO, E. *Encontro de sociedades*: índios e brancos no Brasil. Rio de Janeiro: Paz e Terra, 1979.

GAMBINI, R. *O espelho índio*. Os jesuítas e a destruição da alma indígena. Rio de Janeiro: Espaço e Tempo, 1980.

GOMES, M. P. *Os índios e o Brasil*. Petrópolis: Vozes, 1988.

HELBIG, J. e outros. *Yanomami*. Indianer Brasiliens im Kampf ums Überleben. Innsbruck: Pinguin Verlag, 1989.

LOPES DA SILVA, A. *Índios*. São Paulo: Ática, 1988.

MAGALHÃES, A. C. (org.) *Sociedades indígenas e transformações ambientais*. Belém: UFPA, 1993.

MARTINS, E. *Nossos índios, nossos mortos*. Rio de Janeiro: Codecri, 1982.

MELATTI, J. C. *Índios do Brasil*. São Paulo: Hicitec, 1983.

MOREIRA NETO, C. A. *Índios da Amazônia*. De maioria à minoria (1750-1850). Petrópolis: Vozes, 1988.

NEHBERG, R. *Die Letzte Jagd*. Die Programmierte Ausrottung der Yanomami-Indianer und die Vernichtung des Regenwaldes. Hamburgo: Kabel, 1989.

NIMUENDAJU, C. *Mapa etno-histórico*. Rio de Janeiro: IBGE, 1982.

PACIORNICK, M. *Aprenda a viver com os índios*. Rio de Janeiro: Espaço e Tempo, 1987.

Porantim – em defesa da causa indígena, jornal mensal publicado pelo CIMI (Conselho Indigenista Missionário) em Manaus.

PREZIA, B.; HOORNAERT, E. *Esta terra tinha dono*. São Paulo: CIMI/FTD, 1991.

RIBEIRO, B. *O índio na história do Brasil*. São Paulo: Global, 1984.

____ (coord.). *Suma Etnológica Brasileira*, vol. I, Etnobiologia; vol. II, Tecnologia indígena; vol. III, Arte indígena. Petrópolis: Vozes/Finep, 1986.

____. *O índio na cultura brasileira*. Rio de Janeiro: UNIBRADE, 1987.

RIBEIRO, D. *Os índios e a civilização*. O processo de integração dos índios no Brasil moderno. Petrópolis: Vozes, 1977.

RODRIGUES, A. D. *Línguas brasileiras* – Para o conhecimento das línguas indígenas. São Paulo: Loyola, 1986.

RIBEIRO, B. A contribuição dos povos indígenas à cultura brasileira. In: SILVA, A. L. da; GRUPIONI, L. D. B. (org.). *A temática indígena na escola*: Novos subsídios para professores de 1o e 2o graus. Brasília: MEC/MARI/Unesco, 1995. p. 197-220.

SANGIRARDI, Jr. *O índio e as plantas alucinógenas*. Rio de Janeiro: Ediouro, 1989.

SILVA, A.; GRUPIONI, L. D. B. (coord.). *A temática indígena na escola*. Brasília: MEC/MARI/Unesco, 1995.

SUESS, P. *Crônicas de Pastoral e política indigenista*. Petrópolis: Vozes/Cimi, 1985.

**Acreditamos
nos livros**

Este livro foi composto em Arek Latin e Noka e impresso pela Geográfica para a Editora Planeta do Brasil em junho de 2022.